U0004027

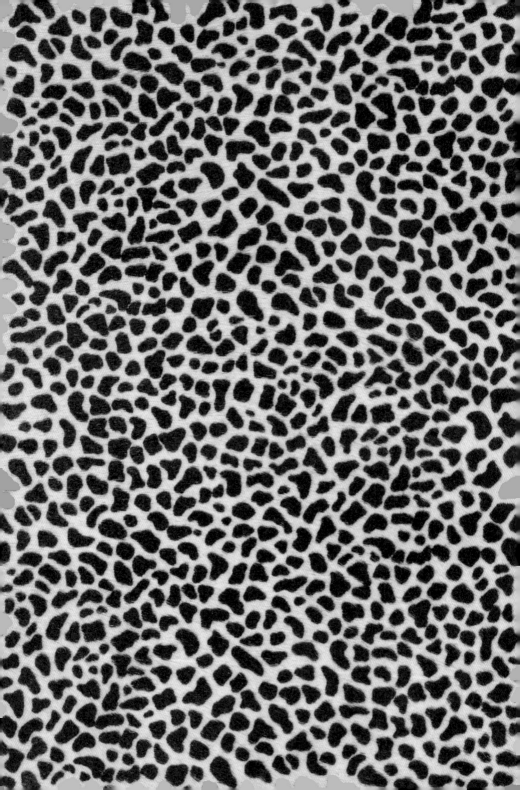

catch

catch your eyes；catch your heart；catch your mind……

飄洋過海追上你/ 欣西亞 著；
-- 初版. -- 臺北市：
大塊文化.2009.02
面； 公分. -- (catch ; 148)
ISBN 978-986-213-102-2(平裝)

855　　　　97025164

catch 148

飄洋過海追上你

文：欣西亞　漫畫：欣西亞

責任編輯：繆沛倫　美術編輯：蔡怡欣

法律顧問：全理法律事務所董安丹律師

出版者：大塊文化出版股份有限公司

台北市105南京東路四段25號11樓

讀者服務專線：0800-006689

TEL：(02) 87123898　FAX：(02) 87123897

郵撥帳號：18955675　　戶名：大塊文化出版股份有限公司

e-mail:locus@locuspublishing.com　www.locuspublishing.com

行政院新聞局局版北市業字第706號

版權所有　翻印必究

總經銷：大和書報圖書股份有限公司

地址：台北縣五股工業區五工五路2號

TEL：(02) 89902588 (代表號)　FAX：(02) 22901658

初版一刷：2009年2月

定價：新台幣300元

Printed in Taiwan

No Loser in **Love**

飄洋過海追上你

欣西亞

No Loser in Love

5

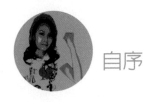

自序

　　當出版社夥伴問我要不要幫自己的書寫序時，欣西亞毫不考慮地馬上回信告訴他「當然要」！

　　原因沒別的，就因 我等這一刻已經等很久了！！！！（握拳）

　　能夠寫序，就表示書即將出版，我坐在往常寫文章的Starbucks角落，在心底為自己小小地歡呼著，在鍵盤上穿梭的指尖，此刻居然因興奮而顫抖不已……

　　2007年4月，欣西亞簽到了生平第一份出版合約，我很開心，那種幸福的感覺就跟暗戀的對象告白成功一樣，對於未來胸口滿滿的都是期待。但這樣的情緒只持續了個把個月……

　　對方是個極不擅長溝通的人，只告訴我書的上市日期，接下來就音訊全無，欣西亞心中雖然納悶，但礙於跟對方是剛開始「交往」的地步，也不敢給予太多壓力而頻頻催促，我只能選擇相信，因為我們「在一起」。

　　事情就這樣拖了一年，不僅僅浪費時間，也打擊到我的自信，很多次我懷疑是不是自己的作品不夠好、不夠優秀，所以遭受對方一而再、再而三的拖延？明明已經是結了婚的少婦，怎麼我的心情像是害怕男朋友不願負責的戀愛少女？我覺得好累也好疲倦，我想放棄眼前合作的對象，卻又害怕離開了他就沒有別的出版社想要我。

　　在溝通無效後，我決定要尋找第二春，下一個對象一定會更好，我又回到了投稿的日子。行情是要自己製造的，你不幫自己製造機會，不懂得給別人機會，你永遠都不會知道自己可以這麼炙手可熱。2008年6月，我收到兩家出版社說希望合作的回覆，而當我告知前出

版社說合約已過期要放棄他的時候，對方當然開始極力挽留，希望我再給他一次機會，而我也只能說：「謝謝你這些日子以來的照顧，請保重！」然後奔向屬於自己的幸福。

然後我的書現在終於要出了──！！！！！

我像是又談了一次愛情般，有著勝利的滋味……

本書寫的是我跟我那外國老公Shane坎坷離奇的愛情故事，劇情跟本書出書過程有得拚，而且還更加精采萬分，雖然是在講愛情，倒不如說它敘述了我對人生的態度，那就是「提得起，放得下」。對於很多事，該放則放，該耍狠就耍狠，沒什麼好客氣的，愚昧的堅持無法給你帶來真正的幸福，重點是，你方法用對了沒有？

愛情嘛，人生嘛，本來就沒有所謂的輸家或贏家，因為它們總是有著新的起點，新的篇章，你永遠有機會可以贏回來，因此，不要對自己設限，勇於實踐每個自己不敢嘗試的想法，然後你會發現自己──不僅僅是No Loser In Love，更是No Loser In Life！

謹以此書獻給所有跟自己在戰鬥的人
每個愛我的人
還有那些默默支持我，總是幫我加油打氣的A段班優秀同學們
謝謝你們　Love You All~!

^ ^
—

Chapter 1 飛到美國　遇到金髮天使

那天，
我就這樣自告奮勇地給出了我的電話，
就在我的自告奮勇下，
我知道了他的名字──Shane，
就這樣，
有了後來的漫漫長路，
有了欣西亞和Shane的故事。

來到舊金山遊學的第一天，欣西亞我出現在美國鼎鼎大名的柏克萊校區，像隻哈巴狗一樣追逐著校園裡的男同學們，並不是我太open，要不是為了老師的功課，我才不會在這裡頂著大太陽找人練習英文，本來想說「同性相斥，異性相吸」，找男生下手會簡單一點，可惜我錯了，美國男一看到欣西亞就逃的逃、閃的閃，而且是我一開口說「excuse me...」，他們就馬上「No, thank you.」加速逃逸。是怎樣？沒看過比迪士尼花木蘭更美艷的女人嗎？

和欣西亞同一組的J同學是清華外語的高材生，她的英文程度大概比欣西亞好上一百倍，一訪問起美國人就滔滔不絕，英文單字霹哩啪啦不斷的從她口中湧出，就算搭訕到願意訪談的男生，也完全沒我的分，因為程度不佳，一陣談話下來只能在旁邊很做作的嗯哼、嗯哼，除了這些鼻音，根本沒有我插話的餘地……Orz

心‧灰‧意‧冷。

很快的，眼看同學跟傑克不但交談熱絡，而且開始交換起MSN，欣西亞決定不再當個電燈泡，「算了！還是回

YMCA自己亂掰好了」，就當我後腳快踏出柏克萊綠色的校門，我的眼角突然瞥見一個正在看書的學生，他坐在不遠處的長板凳上，有著一頭挑染金髮，「哇──金髮天使！」我在心中發出驚嘆，驚嘆之餘，本人也在當下改變主意：那還是來練習一下English好了！（很沒原則的傢伙。ＸＤ）雖然有點擔心自己的英文蹩腳，不過沒關係，欣西亞最起碼還熟悉全球共通性語言，那就是──body language，哈哈哈哈哈──！！Ｏrｚ（失落）

舉動鬼鬼祟祟的我像個觀光客一樣現身在他面前。「May I...May I ask you...」
話還沒說完，他已經抬起頭，「 I know, you want to ask me ten questions.」（我知道，你要問我十個問題。）用迅雷不及掩耳的速度，搶走本人精心準備的開場白，傻眼！接下去該說什麼才好？＠＿＠
「Ten questions, right？」看見我像根木頭杵在原地，嘴巴微張卻還吐不出個字來，他又重複一次。「Because someone just asked me the same thing.」（因為剛才有人問過我相同的事。）他輕快的解釋，反正他正等著上課，不介意再被訪問一次。

於是呢，欣西亞就在他的幫忙下完成了功課。當然，過程是艱難坎坷的，因為我很緊張，愈緊張說話就愈結巴，更何況是要說「和我不熟」的英文（其實，是我和英文不

熟），每講一句話就要停頓五秒鐘以上，因此我們的對話有很多空格，空格的時候他盯著我的臉看，讓欣西亞超害羞@///@，心臟乒乒跳，連手心都冒汗了。這時J同學也來湊熱鬧……（喂！你已經得到傑克的MSN了耶！）這下好了吧？她又開始落得英文滿天飛，害得欣西亞又開始嗯哼嗯哼嗯哼，但那個男生還是會微笑地看著我說話，不讓我有alone的感覺，厚──怎麼有這麼貼心的外國人呀？

快要結束的時候，他禮貌性的問了我和J同學的名字，我在心裡也展開了天人交戰。

「問他的電話，快點！」

「不行！媽媽說要有少女的矜持！」

不過去他的媽媽說，天高皇帝遠，還是自身幸福最要緊。

於是，我鼓起十足的勇氣，天外飛來一筆地蹦出好大一聲「Can I give you my number in YMCA？？！！」（我可以給你我在YMCA的電話嗎？）欣西亞喘著氣，睜大了眼睛，一方面是緊張，另一方面，是我不敢相信自己脫口而出的問題怎麼這──麼──爛！電話要給就給，還問他可不可以，這是什麼白痴搭訕法？整個是瞎掉。@＿@

不過他卻微笑接受了，他的笑容好溫暖，好像不是在笑我的蠢，而是稱讚我好勇敢……

那天，我就這樣自告奮勇地給出了我的電話，就在我的自告奮勇下，我知道了他的名字——Shane，就這樣，有了後來的漫漫長路，有了欣西亞和Shane的故事。

　　在搭訕男生的時候，我比較喜歡「給電話」而不是「要電話」。因為「你可以給我你的電話嗎？」是問句，對方可以決定「yes or no」，而給電話你只管把號碼交到對方手裡，根本不給他考慮要或不要的機會，而如果對方打電話來的話，我想我們就掌握了30%的機會，這算是交往前的好感度測試吧？^_^

第二回合 辛苦的電話混戰
2000.02

有沒有人跟你說過，舊金山是個很美的城市？ 陽光燦爛得叫人炫目，夜景美得教你屏息，一個人漫步在舊金山的街頭都能有戀愛的感覺。就因為這戀愛的感覺，叫我情不自禁給了電話……

（屁咧！明明就是存心搭訕，不要把責任推到異國情調身上，OK？）

等待是漫長的，欣西亞這些天的心情起伏不定，興奮、然後不安，然後有的時候，還會突然用不可思議的語氣問自己「我到底做了些什麼啊我？！」除了等，本人也沒閒著，YMCA的電話前前後後被我check了好幾十遍──按鍵OK，接線OK，鈴聲OK，可見電話沒動靜不是它的問題，而是等待的那個人……

不過奇蹟仍舊是發生了。那天就在欣西亞玩得暈頭轉向地回到YMCA，終於，在答錄機裡聽到了他的聲音：「This message is to Cynthia. Hey! Cynthia, this is Shane, the guy whom you met in the campus few days ago. I hope you still remember me. Anyway, this is my phone number: 648-

5795...call me.」（這通留言是給欣西亞的。嘿！欣西亞，我是Shane，就是幾天前你在校區認識的人，希望你還記得。這是我的電話號碼……call me。）

　　Shane的聲音是那樣熟悉，但從他嘴巴吐出來的電話號碼可就陌生許多，對於英文數字，要我從1按照順序念到10很容易，但如果是隨機抽樣，就令人一個頭兩個大了，接下來整整半個小時，只見欣西亞死命地按著電話機上的repeat鍵，重複重複再重複的把Shane說的數字一個一個聽清楚，為了方便，我還特地用擴音，話機當中不停傳出斷斷續續的數字聲「6…64…648…6485…」，就好像是free-style的rap一樣，叫室友簡直快抓狂。XD

　　連忙撥了電話過去，話筒裡聽到他略帶磁性的聲音，真是滿心喜悅。和心儀的男生講電話，一般女生都會想好好表現，小心不要說錯話、小心語氣、小心不要表現得太誇張，但是這些注意事項，在欣西亞的爛英文下完全破──功──了！Orz

　　在我們的對話裡，Shane說什麼我一律yeah yeah yeah，原因是他供蝦米我都聽不懂，所以只能不懂裝懂、含糊帶過，但這還算safe，如果他沉默了，恐怖的事情就會發生，因為這表示輪到欣西亞開口，而為了避免沉默的尷尬，我就會開始什麼都講、什麼都問、什麼都爆料，想到什麼英文問句就問什麼，脫口而出的東西就會很令人傻眼。

在這場電話大戰中，欣西亞先問了「How are you?」How are you是大家學英文的第一問句，所以當然要問，但聽起來會很詭異，已經聊了10分鐘還在問人家你好嗎？小姐你是有病哪？

而且也問了「How old are you?」這種超直接的問題，因為這是在台灣學英文的基本句型，不用似乎很可惜，但聽說老外很忌諱，還好Shane沒生氣，還很淘氣的叫我猜他的年齡，我猜是24歲，結果答案揭曉——26，比欣西亞大6歲。

聊著聊著，也問了「What did you do today?」這種很好混的問題，因為該他講，我又可以yeah yeah yeah 了，超輕鬆 。

最後呢，居然也問了「Do you have a girlfriend?」這句話，想想我還真不要臉，少女矜持蕩然無存。欣西亞發現在講不是自己的語言時，人真的會豪放很多，因為感覺會比較陌生，反正脫口而出的自己也聽不太懂，就也當別人聽得一知半解，要說什麼都容易，正所謂「講話當放屁」那樣，哈哈哈！一點都不負責任。

反正那天他講了什麼欣西亞現在已經記不得了，因為當時完全是有聽沒有懂，倒是他的那個「No, I don't have a girlfriend.」我聽得非——常——清——楚——，感謝老天！如果沒有他那個No，我不會看見那個追求愛情具有堅強韌性，那個具有蟑螂潛力，踩不死、趕不走的自己……

Shane的聲音是那樣熟悉，
但從他嘴巴吐出來的電話號碼
可就陌生許多。

Your phone number is
6…(傳格)

好 已經準備筆…紙

Hello! Cynthia.
This is Shane.
My phone number
is 6※△@☆

按重撥鍵5次以後…

又傳格…

My phone
number is
6 4△×@☆の

只catch到6和4
2個和空

開始瘋狂猛按 我再按

666…

我按

我按

6…4…

6…64…
4…8…

最後…

Shut
Up!!

室友

666…64
6…648…8…

像Rap！
跳舞吧！

嗚哇！好
來跳

扭

扭

坐落在柏克萊的YMCA，印象中是個恐怖的地方。

整幢建築物看上去就很有古蹟的氣息，聞起來更會給你百年的錯覺，內部密不通風，燈光昏暗，走道會嘎滋──嘎滋──作響，房間裡沒有獨立的廁所，只有床和書桌等簡單的設備，一樓有個公用廚房，還有一個電冰箱給住戶冰存東西，除此之外，就是YMCA健身房。

老實說，欣西亞覺得也只有健身房叫做「設備完善」，裡面運動器材應有盡有，還有個室內溫水游泳池，來YMCA健身的人絕對比來住的人幸運太多了。

在YMCA停留的房客不少，大多以老人為主，他們好像已經是固定人口，已經待上一段時間了，冰箱裡總是塞滿了形形色色的食物，中國餐館的外帶盒，超市的微波爐食品，我常看到他們下樓煮東西吃，熟悉的準備碗盤，像在自己家一樣，後來欣西亞才知道他們是靠政府補助度日的榮民。在夜深人靜的時候，總能不時聽到這些年老力衰的房客的咳嗽聲、喘息聲，每個房間的隔音設備又很差，躺在床上，你會以為是躺在醫院的加護病房裡。

記憶中欣西亞很少待在YMCA，除了出去玩一整天回去睡覺外，好像和它也沒什麼交集。只記得有一次心血來潮的想煮盒macaroni & cheese（起司通心麵），卻不小心把鍋子燒壞的經驗，後來的伙食當然還是學乖的以微波爐食品為主了。

為什麼還會想提及柏克萊的YMCA？它的設備是那樣簡陋，帶給人的感覺是那樣的陰沉和不愉悅，但就是還會想說說它。

因為當我第一次體會在意一個男生的感覺，我是停留在那個YMCA裡，因為這樣的在意，讓我多少次在那301號的房間裡，胸口充斥著焦躁和不安的情緒，喜悅、興奮，反反覆覆高低起伏，而當我明白一個故事是剛開始就能夠預言它的結局的時候，我也是在這轉角處的YMCA在遺憾過後堅強起來。

這古老的建築物，也許比我自己更了解我當時的感受，因為它裡頭來來去去那樣多形形色色的人口，上演著無數個不為人知的故事，不是只有我，也不是只有我和他吧。

多年後當我和他再度造訪柏克萊，試著追尋兩個人在西元2000年共有的回憶時，我們選擇了這YMCA作為三天兩夜的落腳處，不是因為它能提供我們舒適的空間，而是它能做為我說故事的背景，還記得那三天兩夜，晚上都像是「天方

夜譚」一樣，每當我說完一個當時和他相遇後在301室的心情故事，他就會捨不得睡去的要我再對他說另一個，兩個人就這樣不闔眼的聊完一個又一個，直到東方天色破曉⋯⋯

　　午夜十一點，在BART（舊金山電聯車的統稱）車站大門口。

　　自從Shane打電話約欣西亞去他朋友的party，我心裡就一直七上八下的，今晚將是欣西亞繼柏克萊校區相遇之後，第二次和他見面，值得擔憂的事就有三件：第一，又要說英文啦，誰知道我又要鬧出什麼笑話來？第二，我怕認不出Shane，因為好像已經把他的長相給忘了。而這個又衍生出第三件事，就是：如果不確定他長怎樣，就表示他「可能長得不怎樣」，想到這就有點頭皮發麻，搞半天去搭訕到一個蔡頭，那就糗大了呀！愈想愈懷疑那天在心裡發出「哇──金髮天使」的驚嘆，會不會只是天氣太熱的緣故？

　　不過在一分鐘後看見穿著合身黑色麂皮短大衣的他，帶著一頭俐落金髮翩然現身在車站前，「哦買嘎！更帥──！」這幾個字又迫不及待的跳進我快昏頭的腦袋裡。等到回過神，才發現自己已經身處在派對當中，Shane正在調酒給我喝，他手腳靈活的在雞尾酒杯裡調點這兒，加點那兒，再丟進綜合水果粒，大功告成！他試了試味道，微笑的

將酒杯遞給我，輕啜一口，滋味可口得令人意外。

　　隨著酒精在體內漸漸發酵，接下來的時刻，我都處於極度放鬆的狀態，本來緊張而緊繃的身體線條開始柔和，Shane靠我很近，身上男性香水的味道將我環繞，其中伴隨神奇的吸引力，令人暈頭轉向、無法自拔。我在他小心的牽引下隨著音樂搖擺，靈魂飄飄然得好像快出竅，好幾次在慢舞中對上他碧綠深沉的雙眸，也就藉著酒意壯膽，醉眼迷茫的看進他那雙誘人的視線裡，也許是光線昏暗的關係，叫我愈要仔細凝視就愈看不清……

　　整個party就像在看HBO的電影一般，在音樂開得震天價響的屋子裡，大家神色自若聊天交談，開懷的笑著，一群美國人手中捧著酒杯輕鬆的滑著舞步，然後角落還有人在熱吻，親得嘖嘖作響，還有人在抽用紙捲起來，俗稱大麻的東西，好多東西是老師在課堂上不會教的，多姿多采的美國年輕文化頓時不分級的在我眼前上演，「這是什麼世界啊？」喝得茫茫然卻還忙著在心裡不斷OS，一幕又一幕都叫20歲的欣西亞傻眼傻到外太空去。

　　Party很快就因為過於吵鬧被警察解散掉。我和他肩並肩走在柏克萊凌晨一點的冬夜裡，輕薄的霧氣加上皎潔的月色，還有月光下微醺的兩個人，浪漫的氣息在空氣中流竄著，他順勢握住我的手，用很溫柔的語氣問：「你的手怎麼這麼冰？」我被他溫暖的手掌握住，感覺熱切又實在，也緊

緊的捏著他的手掌，捨不得放開。我們走著、聊著，他問我喜歡在Starbucks裡點什麼東西喝，我回答是熱可可，他說下次去他打工的店裡，他會親自為我調一杯熱騰騰的飲料，他既誠懇又認真的神情，深深烙進我的眼睛，望著他，沒有任何陌生人之間會存在的尷尬，反而覺得很輕鬆自然，多麼不可思議？

舊金山凌晨的夜真的美得動人，到最後他的手臂已經扎實地環繞住我的肩膀，把我拉近他的胸膛，一臉意亂情迷的說：「Cynthia, can I kiss you?」

我看著他碧綠色的瞳孔，感覺很迷惘，這氣氛、這情緒，還有我體內熾熱的血液，都在回應他略帶急促的呼吸，心裡很是猶豫。

「反正這是美國，做什麼又不會有人知道，入境隨俗，這句話有聽過吧？開放一點啦！」

「不行啦！不可以，這可是我的初吻耶，人家不想那麼快就變成犧牲打！」

他將我摟得更緊，一股男性本能的侵略性向我席襲，再看看他，哇塞，連眼睛都閉上了，「Shane──！」欣西亞開始掙扎，並很努力的扭動我的身體，從他的懷抱中掙脫時，我說：「No no no, this will be my first kiss.」當我說出這句話時，老實說欣西亞還覺得滿遜的，在美國，應該很少

有女生都20歲了還沒被吻過吧？

　　看得出酒已經醒了一大半的Shane（應該是被我這20年來沒被吻過的事蹟嚇醒了）將擁抱我的力量放輕，微微向後退了點，他露出小小失望的表情，但很尊重的問我說：「我知道這是你的first kiss， 但我真的很想吻你，告訴我，要怎樣才可以呢？」

　　我回說：「那要一步一步來才可以。首先，你要做的，是約我出去。」

　　他牽起我的雙手，很紳士的問：「Cynthia, may I have a date with you?」

　　在我笑著回答：「Yes, you may.」並讚美他真是個gentleman時，Shane眨著天真無邪，閃著光芒的眼睛說：「那我明天中午來接你！」

　　在放我回那轉角處的YMCA之前，他看似慎重的考慮再三，最後像個孩子般扭捏輕聲地說：「既然我是個gentleman，這樣，總可以讓我親親你的臉頰說晚安吧？」

　　我到現在一直還記得那個晚上，即使是事隔多年的現在，胸口還是很有感覺，那真是個浪漫到極點的夜晚……

　　我想每個人生命裡一定也有這種甜蜜的場景出現過吧？就是這種浪漫，讓每個我們都選擇相信愛情，雖然它是那麼的折騰人，不是嗎？

電話鈴聲在YMCA的301室響起，那一頭傳來Shane的聲音：「我已經在樓下了。」他說。欣西亞瞄了瞄時鐘，還有半個多小時。「他真的很迫不及待呢！」心裡一陣竊喜，「該不會是真正愛上我了吧？」（竊喜）是滴！戀愛中的女人總是妄想症一堆，任誰都阻止不了。

但令人惋惜的是，這些不斷擴大擴大再擴大的妄想症，也會被現實狠狠敲碎。前一秒，你正欣喜若狂的誤認愛的降臨而轉著圈圈，下一秒，你就眼睜睜的看著自己被他的一句話硬生生摑倒在地，就像欣西亞一樣。「對不起，我昨夜好像對你說我想吻你，我喝多了，所以不知道自己在做什麼……」這是我們第一次約會一見面的開場白，from Shane……

冬天的太陽難得這樣刺眼，刺眼到我連他的臉都很難看清楚，我還記得自己剛才下樓腳步的輕快，他的身影在我胸口激起的喜悅，然後，他的話語灌進我耳裡，那麼突兀刺耳，讓欣西亞恨不得自己在那一刻是個聾子。什麼話？那種感覺就是，你整個人被「退貨」，而且是對方還沒用就被

退，我哪會服氣呀？

「明明說要吻我，現在又後悔？為什麼？難道我有口臭？」

@__@

問！打破沙鍋問到底的問！我很快地把現在腦海裡、片片段段的英文排列組合，「所以……你是說，你一喝醉，就想要吻人？而我正巧站在你旁邊？」「還是……你把我跟哪個女人搞錯了？也許是Cindy之類的而不是Cynthia？」這些問題很直接的脫口而出，靠！林老母豁企了──！

他愣了很多很多下！

用著不可思議的眼神看著我，我當然也不甘示弱地望了回去，兩個人除了緊緊盯著對方的視線，心裡更是在忙碌的OS，「小姐，你這是什麼問題呀？」「喂！什麼我這是什麼問題，你那才是什麼問題咧！」兩個人沉默了將近一分鐘，眼神則像武俠小說般你來我往得精彩。最後他開口了，「不是，我不是一喝醉就想吻人，」語調中充滿誠懇，但欣西亞卻沒有因此而放過他，「還是你想吻我是因為我是個女人？瑪莉或是珍妮佛也都可以？」我挑釁著，打算厚著臉皮問個水落石出，尤其在自己的英文突然溜得不像話的時刻……

「當然不是，我想吻你是因為你是欣西亞，」用著平和

的語氣，他很認真地注視著我的臉，「只是我知道我昨晚喝多了，如果我說錯什麼或做錯什麼而冒犯到你，我必須要好好道歉才行。」欣西亞回望著他，Shane的瞳孔裡有著深深淺淺的綠，神祕和坦率交纏在一起，我已經不知道自己該相信什麼了。

是啊，我不知道自己應該相信什麼了，什麼是真、什麼是假似乎也不重要，只覺得心裡很失落，腦袋裡試著分析他的一字一句，愈想就愈複雜而釐不清頭緒。雖然搞不懂他內心真正的意思，但最後我放棄這些無所謂的追根究柢。我只知道，我想和他在舊金山好好談個romance，羅曼史，浪漫就好，無須真心或誠意，而你，我的金髮天使，如果可以，請給我一個玫瑰色的回憶， in San Francisco。

　　接下來的舊金山生活就多了個金髮碧眼的白人，連帶的就是生活中也多了很多英文。我的天哪！從英文單字、英文文法到英文會話，對欣西亞來說都算是重重考驗，然後還要加上英文聽力，哎喲——拜託！讓我「屍」了吧！（屍：死的最高級。） >＿<

　　從國中三年加高中三年，學英文學了六年的成果就是——讀寫超強，口說和聽力就很遜卡。再加上台灣學生的特性就是「不喜歡問問題，打死我也不問」，所以和Shane在一起往往就變成他英文講得落落長，然後換來欣西亞的一個「Yeah——」，就這樣，沒了！@＿@ 因為我聽不懂他在說什麼，反正不懂就裝懂咩，趕快用「Yeah——」矇混過關囉，要不然再加個「I know」也可以。不過呢，這只適用於敘述句，如果是你問我答的「申論題」，下場就會慘兮兮，因為總會牛頭不對馬嘴在亂講，還會愈搞愈複雜。~~>＿<~~

　　當然欣西亞也會很努力想聽懂Shane在說什麼，每當他開講的時候，我就會很專心的盯著他嘴巴看，看著動來動

去的嘴巴，這時，我會在心裡偷偷想：哇塞──！很神耶，英文居然可以源源不絕的從他嘴巴跑出來（廢話嘛！人家是美國人好嗎），有時候看著看著就開始研究起他的唇型，然後就有很多無關英文的新發現，像是「嘩──！他嘴唇還滿薄的耶！」「嗯嗯，如果欣西亞就這樣吻下去……」愈來愈多離譜的念頭竄出來，往往想得自己臉紅心跳，接著欣西亞就會滿臉通紅的低下頭，連耳根都是燙的。

當然啦，在過程中我也可能會聽到一些些學過的單字或片語，接著由他結束的語氣判斷出那是問句還是敘述句，再自己隨便拼湊一下，將句型略做整理之後，用不疾不徐的語氣緩緩的說出我「精闢的見解」（超假的）。

然後，就會看到他一臉怪異的問我說：「Do you understand what I was talking about？」

「Yeah...of course！」

反正不懂裝懂，裝懂還被拆穿，乾脆義無反顧的一路錯下去。

「Ok! Then...REPEAT...WHAT...I ...JUST...SAID...」

他帶著似笑非笑，一副「逮到你啦，我看你怎麼裝」的表情，很慢很慢的一字一句講得超──清楚。（目的就是要讓欣西亞聽得很懂、懂到一個不能再懂的境界。）

不過本小姐臉皮就是厚，大氣不喘一下的繼──續──掰，「Umm...well...you said...」（停頓、結巴，很努力的

回想他剛才到底講了些蝦米碗糕）「厚——anyway, I know 啦，I know what you said啦！」>__<" 掰不下去就開始耍賴，乒乒乓乓連「厚」ㄚ、「啦」ㄚ什麼的中文語助詞全部出動，更把Shane搞得一頭霧水，拉著欣西亞猛問「What is 厚 and 啦？ Are they Chinese？」「 Please tell me what they mean in English, sounds interesting.」「How do you say 厚and 啦 in English？」

天哪——！偶真的快要哭出來了！偶哪知它們要用英文怎麼講ㄚ？Let me DIE, please. 醬你總聽得懂了吧，Shane！！>__<

脫身方法1：自爆！

脫身方法2：

脫身方法3：
變成雞同鴨講
的"雞"→

在生活中Shane常常糾正我的英文，倒不是發音不準，而是語調的問題，他說我講英文重音總是亂飄，所以聽起來好像在唱歌……@_@

　　唉……我看我這一輩子都和英文脫不了關係了。

　　認識Shane已經十天了，如果以台灣的標準來看，這五天來我們的「進度」算是大大超前，十指相扣的走在路上，或是勾肩搭背，或是相互擁抱，或是親吻……。

　　在那天他大膽索吻卻被我婉拒之後，我們的親吻就僅止於在我的雙頰和額頭而已，每當他的唇片溫柔地碰觸到我的肌膚時，欣西亞總是不禁想像起自己的唇瓣也貼近他的畫面，「我想用自己的初吻去探觸他柔軟的雙唇……」每當這個念頭升起，心裡便有點小小惋惜，惋惜那天晚上為何不在他要求之下順勢給出我的first kiss，也有點小小懊惱，懊惱他似乎沒有想再吻我的念頭……

　　我們共同的足跡很快佈滿柏克萊校區的附近，附近的餐館，附近的咖啡廳，還有附近月光下的湖泊。這一次，是附近山丘上燦爛的夜景，他帶我偷偷潛入室外棒球場，兩個人倚著牆向下眺望，由街燈車燈開始的點，串聯成霓虹的線，到萬家燈火的面，像件金縷衣在夜色下閃閃發光。美好的事物總叫人想要得更多，這浪漫時刻教我貪婪的幻想起和他的未來，也許接下來的一個多禮拜會有更不可思議的事情發生

吧？也許當我離開舊金山之後，我和他會更明確的以戀人的姿態繼續下去吧？好多期待，像漣漪般在我心中擴散開來，如果從他口中能得到一個答案的話，那拜託他就這樣默不作聲下去吧，因為我已經從他心事重重的表情中，嗅到不尋常的氣息。

我們開始有一搭沒一搭的聊著天，他說自己六月就要從學校畢業了，到時候就會去西班牙的巴塞隆納，要去環遊世界之類的……。

這時他看著我的臉說，「欣西亞，能認識你真的是一件很好的事，和你在一起很快樂，只是……」

聽到他的「只是」，我已經大概猜到他要說什麼了，欣西亞拚命在心裡幫自己心理建設，不斷告訴自己「不管聽到什麼都要堅強哦，一定要ㄍ一ㄣ住」，還來不及準備好，他的聲音已經迫不及待飄進我耳裡……

「只是很可惜你要回台灣了，我真捨不得你回去，我們未來還有很多事要做，so...let's just have a good time in San Francisco, ok？」

後面那句才是他要告訴我的話，因為它聽起來沒有依依不捨，反而是種篤定和明確。

欣西亞飛快的、用一種爽朗的聲音接口，「Sure,

of course. I think so, too.」便撇開停留在他臉上的視線，轉移話題的拉著他看夜景，「wow...see？The view is so pretty...」

我想裝得一派輕鬆，想在他面前來個揮揮衣袖不帶走一片雲彩。

回台北之後，我努力過一段時間告訴自己我可以提得起、放得下。但是，如果我成功的話，我不會坐在這裡寫我的文字，和大家訴說我的故事……

第八回合　水乳交融的法式舌吻
2000.02.13

「Cynthia, close your eyes.」乖乖閉上眼睛，耳朵聽到塑膠袋嘻窸窣窣窣的聲音。打開雙眼，桌上是一張情人節卡片，卡片上是一個小男孩捧著玫瑰花，正天真無邪的對著我微笑。「Hey！I am smiling to you！」Shane指指卡片，「Happy Valentine's Day！」驚喜接二連三，從滿不搭嘎的塑膠袋（上面還印著Thank You的字，真是敗給他啦）裡陸續出現，有巧克力，還有玫瑰花束造型的磁鐵，欣西亞看了，臉上爬滿三條線。@_@/// 因為，我什麼都沒有準備……我的天哪！我今天可是兩手空空的來赴約呢，真是不好意思，我很真誠的說了聲謝謝，便暗暗思量到明天的情人節，該為他準備什麼禮物才好。

接著就聽見他嚷嚷著：「為什麼沒有我的情人節禮物咧？」只能哄著他說雖然我們約定好要早一天慶祝，但畢竟今天不是情人節嘛，到時候就知道啦。

喲——真是奇怪的外國人，前些天還不是明說這段羅曼史會無疾而終嗎？那有沒有情人節禮物又有什麼關係呢？難道這就是「玩家的精神」？在一起，該做的還是要做，玩也要玩得像樣點？

雨下得很大，嘩啦嘩啦的，兩個人共撐著一把傘，買了Madonna「光芒萬丈」（Ray of Light）的CD，還有一些做泰式酸辣湯的材料，因為他老兄自告奮勇的說要親自煮湯給欣西亞嚐嚐。我們坐在房間的沙發上聽著音樂，孤男寡女共處一室，他坐得愈靠近，我腦海裡萌生的念頭就愈趨煽情，心裡打什麼歪主意，只有自己最心知肚明。Shane拿著瑪姐的CD，指著她透著薄紗激突的兩點說：「Look at her boobies.（看她的胸部。）」調皮的語氣就是想看到欣西亞臉紅的表情，很可惜他失敗了，因為我盤算的比瑪姐激突更加大膽，後來又問我知不知道horny這個字的意思，翻了字典解釋為sexual arouse（中文：性興奮），他促狹的表情說明他就想看見我驚慌失措的樣子。很抱歉，還是沒有成功，因為我已經打算展開行動，什麼都不想再考慮⋯⋯

　　就這樣，欣西亞傾身貼近他面前，很溫柔仔細的注視他的眼，然後視線落在他唇上，緩緩說出：「I want to kiss you... Can I kiss you?」他的臉頓時紅得像蘋果，像個孩子般有點不知所措，「Are you serious？」怯生生的詢問我，害羞又小心翼翼。看著他脹紅了的臉龐，我很肯定的給了他「yes」一個字。「...but ...but I am shy...」總覺得他是身經百戰的大男人，卻在這個時候退卻了起來，「ok...never mind...」那就⋯⋯算了？順著潛藏在我體內的本能，調皮的欺負他，或者，說是挑逗也罷，總而言之，這遊戲，到目前為止我玩得很是上手，「awww...no no...don't tease me...」他真的真的很害羞……

「What kind of kiss do you want？ French kiss or...？」他很不好意思的問我，到底想要的是哪一種吻？

「What kind of kiss do you want to give me？」

這個，是從我口中吐出的最後一個問題。

Shane的臉湊過來，深深的堵住了我的嘴，我感覺到他濕潤而柔軟的舌頭，在口腔裡挑逗……我們情不自禁的環抱彼此的身體，好溫暖，好安全的感覺，半途中睜開眼睛偷瞄他的表情，他很陶醉，很迷人，我彷彿感覺他就是我的，他會是我的，不管他心裡在想什麼，Shane這個人，我要定了！

這就是欣西亞的初吻，那是我主動爭取來的。自己要的是什麼，從來不會有懷疑的念頭。之後的泰式酸辣湯，只記得很酸很辣，卻不如那個吻來得更有滋味。

多年後欣西亞問Shane，當時吻我有什麼樣的感覺？他回答，有著很深很深的罪惡感。 因為20歲對他來說還是太幼齒，更何況當時欣西亞在他眼中看起來只有15歲，不過，他還是撩下去了，為什麼呢？欣西亞那一晚的表現幾乎讓他忘了這層顧忌，因為在那時候，我的名字是女人，既強悍，又霸氣！

第九回合 **註定為愛走天涯的宿命**

2000.02.14 情人節

　　你有沒有為了喜歡的人而追到人生地不熟的城市去？你可能得南下去探望在當兵的他，可能必須北上和他會合，坐在火車或飛機上，風景因為心情而變得不一樣，無關於路上風景如何變化，我們腦海中只有心無旁騖的一個念頭──就快要見到他了，隨著目的地的抵達，這個時候，我們總會因為興奮而落下激動的淚水。

　　2000年情人節，舊金山時間晚上8點，欣西亞帶著唯一的東方面孔出現在稀稀落落、參雜著不同膚色的巴士上，說是不同膚色，其實多半又以老黑居多，黃皮膚這時顯得更加突兀，以致於好多雙眼睛冷冷的盯著我猛瞧，在前座的黑女人扯著嗓音對我哇啦哇啦大聲喊叫，欣西亞實在聽不懂，也無心弄清楚她在說什麼，嘴角勉強擠出一抹微笑，思緒重新飄回那個心無旁騖的念頭裡。為了和Shane能夠慶祝到真正的情人節，我偷偷查到了他在Starbucks打工的地址。

　　好想見他啊！就算擔心生來沒什麼方向感的我會在黑夜中把自己給搞丟，但是想見他的這分心情，正強而有力的支持著我，手中緊握著通往他身邊的地圖，說什麼都要讓自己

順利的看到他，就在情人節的這個晚上。

　　公車停了，似乎已經到了終點站。乘客全下了車，他們的身影很快的消失在黑幕裡。帶著滿腹狐疑，大氣都不敢喘一下的打量四周──咦？這實在不像是我要去的地方呀！對著公車司機用我的破英文詢問和在地圖上亂指，他給我的答案有兩個：第一，就是我坐錯公車。第二，因為很晚，換公車也來不及了，要到Starbucks的話，必須走一段高架橋。到處黑漆漆的，欣西亞獨自一人摸索著先穿過附近的工地，嗯⋯⋯有點恐怖，好像是瘋狂殺人魔會出現的場景，以至於本來是用走的，後來變成小碎步，最後已經是沒命的暗夜狂奔起來。喘吁吁的上了橋，一部部大小客車從旁邊呼嘯而過，還很挑釁的朝我大鳴喇叭，橋上一個人影也沒有，就只有我一個小小的人點正努力往前慢慢移動著，和寂靜的夜顯得格格不入。蹬著高跟鞋的腿痠了，腳步卻不自覺的加快，長路漫漫，冬夜感覺加倍寒冷，天空裡沒有月亮，倒是有星星一、兩顆，在那裡瘦弱的發著光，支持我的，還是心裡那股想見愛人的念頭。

　　只是當時的我並沒有想到，這一走，走出了注定為他繞著地球跑的宿命，比起日後的種種，這小小的高架橋根本算不了什麼。

　　靠著單純的人力走了大概一個多小時吧，我終於抵達了他Starbucks的店門前，心裡既期待又緊張。不敢馬上推門進去，先在落地窗外觀望好一陣子，我看見他蹲在櫃檯裡面

講電話，微笑著，像太陽一般燦爛的笑容。「是在和誰說話呢？這樣喜孜孜的表情，會不會……是女朋友？」心頭一緊，整個身體僵直的挺在原地，「啊！原來是這樣啊？那我真是來錯時候了！」就在我幾乎要被胡思亂想的揣測淹沒時，眼神對上了從窗內向外看的他的眼睛，只見他匆匆掛了電話，推了門走出來，像孩子一樣又驚又喜。「嘿！你怎麼會在這裡？我打到YMCA想和你說情人節快樂，你室友說你出去幾個小時了，就沒說你去哪裡，沒想到就看見你站在窗外，我的天哪！What a surprise！」「情人節快樂──！」說完後我緊緊擁抱住他，眼眶紅紅的，眼睛濕濕的，所謂因為興奮而落下激動的淚水，就是這麼一回事吧，I guess……

第十回合 獻給你我寫的日記

2000.02

　　情人節過後距離分離的日子便不遠了，太多矛盾和不捨，將我的心情搞得起伏不定。很多話和想法，明明都是關於他的，卻只能關在腦子和自己對話，說不出口的感覺，簡直悶到極點。面對愛情時，很多人都是不坦白的，擅於隱藏和偽裝，就是因為不想受傷害，想保護的頂多是兩樣東西——一是還不夠強壯的心，二是還不懂得放下身段的自尊。常常在想如果在一個男人面前同時失去這兩者，我們會變得如何？死無葬身之地那樣淒慘嗎？倒也不然，頂多哭個幾頓，消瘦個幾公斤，明天的我們只會因此變得更加堅強勇敢罷了。

　　坐在課堂上的欣西亞，埋首在自己的記事本裡，白紙黑字寫下我近日來的感覺，「不想回台灣，捨不得離開他」幾個大字如同隱藏的真相浮出檯面，嗯……很好，如同面對敵人般緊盯著它們，開始思考起該如何處置這些該死的情緒。真是罪該萬死，人家都擺明沒有結果了嘛，居然在我防不勝防的情況下竄出這些兒女情長，還敢大剌剌地吐露心意，真的是可惡、可恥！

已經不知道是第幾堂課，也不知道台上老師到底講到哪裡，這次可能是英文發音吧，口中喃喃腦中無意識的重複些無意義的句子，我還是拿紙上的它們無可奈何，真是一點辦法也沒有，就算再怎樣不想回台灣，我還是得回去。

　　ㄟ……欣西亞還沒瘋到要拋家棄子的留下來，捨不得離開他，so？人家巴不得趕快畢業飛去巴塞隆納呢！舊金山，沒有什麼是他好留戀的，其中恐怕還包括你和你一廂情願的玫瑰色戀曲，這種單方面的捨不得，唉……也等於是心酸兩個字。

　　我知道我可以不要再思考著該怎麼做，因為最通俗、最多人選擇的答案只有一個，就是──算了吧，什沒都不要說、什麼都不要做，就這樣回台灣去，然後好好過日子。欣西亞也不是沒有過這種想法，可惜的是人的感覺不是絕口不提或自欺欺人就能被遺忘，隱藏或是偽裝，並不能真正的保護到自己，因為有時候，遺憾的殺傷力往往比一時短暫的心傷或丟臉來得更為強大，因為，它的時效性常常是一輩子。

　　我決定用文字寫下自己所有的心情，還有兩人每天共同發生的事，就像是寫日記一樣，一點一滴真實地記錄下來，然後，在我離開舊金山的那一天，親手把這本「日記」交給他，我要讓他親眼看到，我的情感是怎樣，我的體會是如何，他對我有什麼樣的感覺不重要，但是他得把我對他的一字一句給看清，不由得他拒絕，這是我唯一可以強制執行的

事。一邊這樣打算，一邊心裡也有了最徹底的覺悟，既然要寫，就得寫下最真切的，既然要說，就要大膽裸露，明白清楚，不准有所隱瞞，全部都得一五一十的誠・實・作・答。

知道該如何做了之後，心情頓時豁然開朗，雖然說這樣的「真心話・大冒險」需要很多很大的勇氣，不過欣西亞相信自己做得來，因為我願意為了愛而堅強而勇敢，雖然自己很多時候只是膽小鬼一個罷了。在愛情裡，我寧願做誠實又誠懇的那個人。就算可能被對方討厭，或是被嫌棄，或是被輕蔑，我還是要大聲說出來，有多愛就說得多大聲，我什麼都不害怕，就怕那個人不知道我胸口熱烈的情緒和愛戀哪！

　　多年後當那本日記又重回我手中時，天哪──！看得欣西亞心驚膽跳，我還不敢一個字一個字細看好嗎？因為啊，實在是……太露骨了吧？害臊的我直說：「哎呀──這種噁心的東西，拿去燒掉好了！」躺在我身邊的Shane一臉詭異兮兮的對欣西亞說：「你知道我當時看到日記的感覺是什麼嗎？就是……你的草寫還真是亂七八糟耶，哈哈……」（真是欠揍的死小孩──！）

第十一回合 吻遍我全身吧，愛人

2000.02

今夜是我們在舊金山共度的最後一夜了，我的愛人……

回憶著在舊金山所發生的點點滴滴，多麼令人不可思議？我和你的故事，起承轉合在短短兩個禮拜內很快的上演和落幕，才僅僅14天而已嗎，我的愛人？為什麼，我覺得，其中經歷愛情的喜悅和心碎，會讓我有存在一世紀那樣長久的感覺？彷彿我已經在舊金山和你談了很久的戀愛呢？也許，當人們打從內心在意起另外一個人的時候，才會有真正「活著」的感覺吧。

我說今晚不想回去，想留下來，在充滿你味道的房間，在你的臂彎裡。我想待在你身邊，直到我離開舊金山的最後一刻，想和你肌膚相親那樣的靠近，但你要對我有絕對的尊重和自制力，因為我還不想獻出我的身體。如果你做得到的話，那就讓愛盡情在彼此身上蔓延吧，不要有任何遺落的地方，讓吻散落到彼此的全部吧，因為這是最後一次……

褪去層層衣裳的我，赤裸的緊貼著你的軀體，我們擁抱著，用力的吸吮著對方的唇和肌膚，吻很快的灑遍每個角落，好幾次交雜著不捨和矛盾的歡愉，既快樂又苦痛的教我

幾乎無法呼吸，你壓在我身上，承受著你的重量，我感覺被愛著，被渴望著，聽見你激烈的心跳聲，猜想你是否有和我相同的心情，最後一晚了呢，當太陽升起，這一切就會結束，你會因為我的離去而難過嗎？好幾次灼熱的眼眶泛起淚光，但我始終沒讓淚水流下來。

午夜三點，夜仍舊無聲無息蔓延。

「You, like a devil, seduce me like seducing a witch.（你，像是魔鬼，引誘著我，像在引誘著魔女一般……）」我說。

「The witch is too seductive, I cannot resist.（魔女太誘人，令人無法抗拒。）」

「So don't resist, please.（那就不要抗拒，拜託……）」哀求的口吻想請你什麼都不要保留的和我一同陷下去，「I just want to love, don't punish me.（我只想愛，不要懲罰我……）」

因為想試圖抗拒、成為愛情逃兵的人才應該有報應。那一夜我們忘情的表露最原始的情慾，纏綿中喃喃的說著，然後兩人互擁著沉沉睡去。

那時候和你在一起，我是真的這麼覺得——你，不是天使，是魔鬼。明明知道你不會對我認真，卻還是處處無法自拔的被你所吸引，難道真的是我自不量力？還是我體內也流

有和你相同的血液？如果只是單純的天使，就不會被不該的事物著迷，不會被魔鬼所設下的陷阱所引誘。背負著意志薄弱的原罪，今晚請你吻遍我全身吧！我的愛人……讓我盡情享受這一夜的歡愉，分手後的心碎，則是上帝給我最好的懲罰……

第十二回合 別了！舊金山，還有我
親愛的你

2000.02

隨著陽光從窗簾間的縫隙中透進房間，分別的時刻即將來臨。

欣西亞從他的胸膛上驚醒，瞄了瞄床頭的鬧鐘，一下子睡意全消。「媽呀！八點了！！！」我開始尖叫，腦子裡還來不及想等一下就要分開的捨不得，趕緊抓了衣服，收拾起散落一地的私人物品，「趕不上飛機就糟了！」然後搖醒還在熟睡中的Shane，請他火速載我回YMCA。「Hurry——！GOGOGOGO——！」欣西亞幾乎是提起高八度的嗓音催促著。 這就是real life，管它昨夜兩個人還濃情蜜意個沒完，時間還是往前繼續，該走的人還是要走，所以拚了命也要趕上回台灣的飛機，就算想留在他身邊好了，羅曼史已經結束，好戲不拖棚，見好就收下台一鞠躬才是上上之策。

他的車連闖了兩個紅燈才將我準時送達YMCA的樓下，兩個人在車上鬆了好大一口氣，欣西亞才愣愣的說：「到了ㄟ……」他點點頭，「所以……我該走了……」他又點點頭，一句話也沒說。我不知道我心裡那些五味雜陳的感覺應

該選那一味才好，只是不斷告訴自己：「要ㄍㄧㄣ住，ㄍㄧ
ㄣ——住！」 >_<

　　唉！總不能叫我在他面前痛哭流涕的說：「我不想離開
你——我不想走——」之類灑狗血的台詞吧？（其實心裡超
想這樣的。）左手拉開車門的同時，他說話了……「Can
you please give me a hug？」語氣裡帶著誠懇和他慣有的
溫柔，令我馬上轉身給了他一個狠狠的、用力的擁抱，壓
抑著快迸發的情緒，在他耳邊輕聲說：「Shane, I will miss
you.」然後一鼓作氣的跳下車。Shane隔著後車窗望著我，
最後的那幾秒，我似乎看見有一絲絲不捨，停留在他碧綠色
的瞳孔裡。

　　回到301號房，用著輕快迅速的節奏打包好所有家當，
然後拉著行李箱，關上厚重的門，所有所有關於他的回憶，
隨著鑰匙卡拉兩聲，在心門內牢牢上鎖。

　　飛機起飛的那一剎那，欣西亞就哭了。

　　淅瀝嘩啦的淚水來得太快太突然，令人無法招架，
「啊——！沒辦法停止哭泣了！」

　　「啊——！就這樣哭到脫水為止好了。」淚水的成分除
了思念，還有不甘心三個字，「為什麼你就沒辦法愛我？」
在心裡不斷重複著這句話的欣西亞，就這樣一路哭回中正機
場。

飛机上…

飲泣！

到了用晚時間

上机後2小時

接著.

吃飽後繼續上路

啊——！
就這樣哭到脫水為止好了。

愛情，是不停休的諜對諜

2000.02

　　愛情，是一條不歸路。它是不停休的用盡心機的遊戲，是不停休的諜對諜。

　　如果朋友問起我和Shane的故事，欣西亞就會很努力的長話短說。因為發生的事情實在太多，如果真的要把每個細節都交代清楚，恐怕要講上三天三夜都說不完吧。明明已經盡量刪減內容，卻總還是發現自己15分鐘過後仍然滔滔不絕的講個沒完，沒辦法，有很多大綱是不能遺漏的，像是故事開始在2000年舊金山的遊學之旅，2001年我決定啟程追到西班牙的巴塞隆納，2002年和他在泰國兩個人所懷抱的心情，其中還穿插著他的謊言和我的處心積慮這些許許多多、甜蜜苦澀的插曲，兩個人之間像是在警匪鬥智，也像是需要投入心力和腦筋的諜對諜遊戲，有時連說著故事的欣西亞都很難相信，「原來，我們經歷了那麼多事啊？真是太不可思議了。」每當故事告一段落之後，朋友們都會瞪大了眼，好奇地直問欣西亞說：「然後咧？」「後來呢？」當我繼續補充說明講到現在Shane已經是我的老公時，她們才會露出滿意的笑容說：「真好，辛苦總算有了代價，你的愛情終於修成正果，不用再如此費盡心機了。」

是啊！感覺欣西亞終於能喘口氣了，努力到最後，終於和愛戀的對象步上紅毯，故事應該就結束了吧？但仔細想想，愛情，真的有終點嗎？

　　在欣西亞的愛情文法裡，我覺得愛情是現在完成進行式。它是一直在發生，一直在進行的。因為有了後來還有後來，有了結果還有下一個結果，愛情，永遠在繼續，除非你或他先動手喊cut，否則，兩個人的故事將會像永遠不散場的電影，一幕幕上演著不同階段的章曲和故事。欣西亞往往千方百計地對他耍了一百個心機，和他成功的邁向下一個里程，想停下腳步稍做歇息時，我才驚覺──什麼？原來事情還沒完哪！兩個人以不同的關係相處，無論彼此的關係有多緊密，那也只是形式而已，到手的東西不會一直存在，如果不用心同樣可能失去，更何況是脆弱的兩性關係？這很像在玩收集拉環的遊戲──你目前得到的只能算是其中的一個重要的拉環，集100個送1個大獎，然後再集 20個大獎換另一個特獎，特獎收集完還有頭獎，好不容易拿到頭獎了，接著引來許多「有心人士的覬覦」。

　　這就是愛情，現在你還會告訴我「當愛情修成正果後，便不用再費心了嗎」？愛情的種種本來就要人傷神，要人費盡心思的，以欣西亞的話來說，我會說愛情就是要「不斷耍心機」，追求愛情要心機，得到愛情也要心機製造樂趣，婚後面對他和他的家人更要心機機伶伺候著，要切記，只有兢兢業業的女人，她的愛情才能也才會長長久久啊！

追求愛情要心機，
得到愛情也要心機製造樂趣。

婚前

唉呀呀呀呀~

其實內心很虛

還好嗎?!?

整個很
High的語氣

哇!
妳身材看起
來超讚的!
Baby

心机是讓女人
獲得愛情的
不二法門!

心机牌內衣，
讓我在他面前
抬頭挺胸!

婚後

"心机"超重的

咔鏘

我拉

老婆~
等一下來炒個
飯吧!

沒問題，
我準備一下
喔!

嘩!老婆，
妳身材摸起
來超辣的!

你盡量摸別客
氣就是不准
開燈!

那當然
……

真是用心(机)良苦… →

Chapter 2 飛回台灣 遠離他的日子

隔了一年多再度聽到他的聲音，

欣西亞的感覺是——

哇！他說的英文怎麼變得那麼清楚？

所以劈頭就很興奮的跟Shane說：

「ㄟ——！

你現在說什麼我都聽得懂了耶！」（開心）

他說：

「那是因為你的英文進步了呀，真厲害，

那我可以再說快一點嘍？」

第十四回合　**為什麼要說你不想我**

2000.06

　　回到台灣之後，欣西亞一直很主動的和Shane連絡——寫email、也寄了很多合照，厚著臉皮做這些無意義的動作，目的就是不希望他把我給忘了，「被自己在意的人遺忘是件殘忍的事」，所以，企圖阻止這樣傷人的事發生在自己身上。做這個做那個，就是電話遲遲沒打，說是沒打，其實是不敢打。「因為害怕聽到他平淡的語氣」這麼簡單明瞭的原因，使得欣西亞每次提起話筒的手，往往又沉重地放下。

　　在外面閒晃了一整天，目的不是要逛街買衣服，而是為了某件「很重要的事」。

　　因為今天是Shane從大學畢業的日子。在心裡盤算已久卻沒有勇氣打的電話，現在終於有了正當的理由。我想我和他的關係又退回到陌生人的階段了吧，連打個電話都不許自己隨便，不能說「沒什麼事，打來看你在幹嘛」之類的，就算我們曾經嘴對嘴那樣的親熱，或是身體相擁的那般靠近，那種 close，已經不存在了。要說的話已在心裡打好草稿，但還是叫人坐立難安，這種感覺是興奮、是期待，因為可以聽到他的聲音，也是擔心、是緊張，如果他的反應不如預

期，我……我會真的不知道該怎麼辦，所以刻意選擇在外面的公用電話打，真不知該怎麼辦時，至少，這都市的五光十色，多少能叫我感覺不那麼寂寞吧。

腿晃得痠了，頭也給夏日的太陽曬得昏沉沉，好不容易挺到了下午四點。這個四點是有原因的，因為那正好是舊金山午夜零時，猜想他應該忙完所有事情，正躺在床上等著入眠，他的心情應該很平靜，對我來說應該是說話談心的好時機，太多的「應該」都只是揣測，雖然只是揣測，它們還是必要的，因為不想讓他覺得被打擾，畢竟，已經離開舊金山的我，和他說是朋友關係都覺得牽強呀。

電話連響了好多聲，每一聲都重重地敲擊在我的胸口上，那一端終於傳來他的聲音，那一個字「Hello？」那麼遠、也那麼陌生。我生澀的吐出：「嗨！Shane，我是欣西亞，嗯……恭喜你今天畢業了。」鼓足了勇氣期待著，期待著他的反應，另一頭的沉默令我不自覺用手摀住話筒，想掩飾自己變本加厲的呼吸，「I am still waiting......」

沒有任何回音，我繼續勉強自己說些什麼，「我回台灣就一直好想你，你想我嗎？」直到換來他的一句冷冷的、意興闌珊的「miss you？No, not really.」

就算是黃昏時分，太陽還是好大的在我臉頰上曬著，汗，從我額頭上滴下來……隨著尊嚴啊或是面子這些看不見的東西，一同墜毀在人來人往的水泥地上。

後來Shane才跟我說，當天他的情緒真的是差到極點，原因是在他的畢業典禮上，他要應付四個女人：光是前任女友就有兩個──Cara & Maria，然後現任女友Nicole，最後是Shane的媽媽。他說他真的不知道Cara & Maria是從哪裡蹦出來的，反正當天就是一個亂，一下要顧四個爭鋒吃醋的女人，好不容易熬到晚上，居然還來個台灣的欣西亞，所以才會說出那樣掃興的話。欣西亞的OS：「沒關係！老娘那時候受的屈辱，要你Shane Rendelman拿一輩子來還！」

　　總是在台北夜深人靜時，不發一語的倒在房間的床上，不開一盞燈，然後在伸手不見五指的空間裡，重複聽著在舊金山熟悉的那首歌——Drown World。

　　讓欣西亞很有感覺的，不是它的歌詞，而是它緩慢的旋律，配合著瑪丹娜低沉略帶敘述口吻的唱腔，往往將自己在不知不覺中拉回柏克萊校區的街景，記憶的力量是永無止境的，在黑暗中閉上雙眼，卻能在面前「看到」柏克萊轉角處坐落的YMCA，向左轉，第一次和他相約見面的BART地鐵站映入眼簾，本來躺在彈簧床上的人漸漸起身，人影慢慢縮小再縮小，接著，咻——的一聲跌進這片浮現在腦海中的海市蜃樓。就好像又回到了舊金山一樣，我漫步在柏克萊大學前的Telegraph 街，面向大學門緩緩走著，進了校區，憑著印象來到和你相遇的長板凳，一切彷彿又回到了那一天，陽光下的你手捧著書神情專注，我則像個不存在的人似的在你身邊坐了下來，輕輕依偎著你的身體，我悄悄閉上了眼睛……

　　當眼睛再度睜開時，舊金山消失了，你也不知去向，音樂早已停止，我什麼都看不見了，所以掩面獨自瑟縮在床

上，啜泣……

　　再一次吧，再聽一次那樣的旋律，再播放一次這首Drown World的歌曲，我不曾對別人說這首歌有多麼好聽，因為它並不是。只是誰能夠告訴我，如果在吻你的那一天，不是這首歌將整個房間團團包圍，如果在前往你打工的Starbucks的晚上，不是這首歌躺在背包裡陪我感覺一種期待的愛戀，我還會如此這般的，深深愛上這首瑪丹娜的作品嗎？正如同如果不是遇見你，我還會這樣對舊金山思念到無可自拔，覺得它真是個浪漫無比的城市嗎？如果那一天我少了點勇氣將YMCA的電話給出去，誰又能告訴我，今夜躺在這裡，讓思念崩潰蔓延的我，淚水會不會少一點，會不會……？會不會……？

第十六回合 **是我玩你，還是你玩我**？
2001.12

　　自從Shane透過聽筒給我的那句「Miss you？No...not really...」之後，欣西亞就再也沒和他連絡了。因為我很火大啊！（其實，哪還有那個膽啊？拜託！）簡直是又羞又怒，他馬的！那傢伙是什麼態度？說出這種話還算是人嗎？好在我心臟夠強，臉皮夠厚，否則真的會當場吐血而亡。於是，又過了說長不長、說短不短的六個月，這六個月裡，有時候我覺得我早忘了他，有時候我又覺得我什麼都沒忘，有仇不報非君子，偶只是在運籌帷幄而已，哼哼哼！（冷笑）

　　某一天，欣西亞在msn上閒晃著，突然心血來潮拼湊起Shane的網路代號，網路世界什麼都是串聯的，在拼拼湊湊中，本小姐湊出了一個應該是Shane的hotmail帳號。我一直只有他在柏克萊的email account，但想想既然他畢了業，應該也不會再check學校的email了吧，hotmail那麼多人有，搞不好他也申請了一個呢？於是，拿他學校郵件的帳號接頭去尾，然後，將將將將——！一個看似他的ID跳躍在電腦螢幕上，嘩塞！我兩隻眼睛都亮了！帶著嘴角浮現的一抹輕

笑，悄悄檢視著對方的檔案資料：沒錯！真的是他！嗯，這一次，欣西亞要好好利用這個機會再和他交手，這就是化悲憤為力量，老天爺總算沒棄我而去，灰熊厚！看老娘在網路上怎麼「整」你。哈哈──哈哈哈哈哈──（一陣狂笑──）

迅速在msn上捏造好身分，火速送了個訊息到Shane的信箱裡，上面寫著：「哈囉！我是Darien，我在msn隨機找到你，有空來聊聊，我們做個朋友吧。」按下傳送時，欣西亞興奮得簡直快要尿出來（好！我承認是有點低級），Shane，我一定要玩得你哭爹喊娘叫阿公阿媽！

第二天他的回音已經在我……噢！不是，是「Darien」的信箱裡，說他很高興能認識我，問我從哪裡來的、在幹什麼之類的。欣西亞飛快的打上：「我是Asian（不要明說是哪個國家比較好），現在是學生，很想多了解西方文化，所以在msn上找到了你。」兩個人來來回回了兩、三天，不過，這──些──都──不──是──重──點！重點是，這個欣西亞意想天開的匪諜遊戲，到了第四天，就幾乎快被Shane拆穿了。（哇哩天──壽）當我在他回的email上看見：「親愛的Darien，你讓我想起一個在柏克萊認識的女生，她叫做欣西亞，你們給我的感覺真的是太像了，嗯，非──常──有──趣──喲──！你的朋友Shane上。」後面附上一個笑臉和一堆XXOO（kisses & hugs）

時，歐買嘎──！欣西亞差點沒從椅子上摔下來。@__@

不費吧？偶真實的身分被揭穿了？ 怎麼可能？我坐在電腦桌前，眼角好多黑線，嘴角像小丸子一樣在抽搐著，「歐買嘎──歐買嘎──歐買嘎──」在我腦袋裡不停轉圈圈，一個小時過去了，媽媽在房間門外叫我吃晚飯，而我的腦袋瓜像一台施工中的怪手車正轟轟作響……

這個自創的匪諜遊戲活不過一個禮拜。在第四天我承認自己就──是──那個欣西亞，然後第五天就收到Shane勝利的歡呼聲 ：「我就知道是你，欣西亞，騙人是件不好的事情呀！You know？」然後後面又是很多的ＸＸＯＯ，還有，一個眨眼的表情 ;-) ，氣得偶，當場想把電腦給砸了！

馬的咧──！這次真的是糗掉了啦，吼吼吼──！

>__<（變身成酷斯拉的欣小亞）

變身成酷斯拉的欣西亞

跨丟鬼！
我要去西班牙找Shane了

2001.07

「八月去西班牙的團還有嗎？嗯嗯，好！請問你們公司在哪裡？我們見面再談……」

各位，劇情急轉直下，離開舊金山一年又六個月後，欣西亞和Shane又要見面了，而且地點居然是在西班牙！！！我當然還記得他那次在電話裡對我的冷言冷語，還有亂寫信被他抓包的糗事，不過那都是一年前的事了，好啦好啦！你們是在看日記嘛，上一回和上上回發生的時間，都是在2000年，所以欣西亞進度不算跳太快喲。

後來Shane離開美國去了西班牙，我和他又開始保持連絡，所謂的保持連絡，就是常常欣西亞主動的寫給他，然後他愛回不回，回信總要我等上半個月。（ㄟ，這是哪門子保持連絡。@_@）不過欣西亞為啥突然要去西班牙找Shane？原因是過了這麼久，我還是沒辦法把Shane給忘懷，交了男朋友也沒辦法，醬下去不行，我可不能因為這不明感情毀了自己的幸福。說是「不明感情」而非「愛情」，是因為欣西亞還真的不確定我對Shane是哪一種？和他在舊金山才相處了短短兩個禮拜，什麼事都太夢幻，我還沒看

見他真實的一面，搞不好他會酗酒，酒後還會打女人……
@__@

　　嗯！欣西亞決定讓自己再一次親身體驗——他，是什麼樣的男人（講得好ㄏㄢ，不過大家懂我的意思吧？^^）不過在把這個念頭真正付諸行動之前，也僅只於想想而已，搞到真的要去西班牙，也是有契機的。

　　有一天呢，欣西亞在給Shane的email裡說暑假快到了，有點想出國玩，還試探性的問他西班牙好不好玩之類的問題，沒想到他很快的回信給我說既然要出國，就去巴塞隆納找他玩吧，他會好好招待欣西亞的，還附上了連絡電話。Shane的反應讓我滿驚訝的，男人真的是很奇怪的動物，冷熱無常，不過欣小亞知道為了自己，說什麼都要再見他一面，當晚便馬上撥了電話到西班牙去。那種感覺很神奇，是打電話到西班牙ㄟ，對於西班牙三個字，見識不廣的我只會想到鬥牛或是海鮮飯之類的，沒想到今天要連線過去，整個是誇張的感覺。
　　隔了一年多再度聽到他的聲音，欣西亞的感覺是——哇！他說的英文怎麼變得那麼清楚？
　　所以劈頭就很興奮的跟Shane說：「ㄟ——！你現在說什麼我都聽得懂了耶！」（開心）
　　他說：「那是因為你的英文進步了呀，真厲害，那我可以再說快一點嘍？」

接著他問我：「什麼時候要來西班牙ㄚ？」

我愣了一下，因為……我根本還沒想好是不是真的要去，起肖！那是去西班牙，又不是美國或是英國這種比較common的國家，光是要跟爸媽說：「我要去西班牙玩……」聽起來就很詭異，任誰都會懷疑我的動機吧？而且有誰家的爸媽會贊成自己女兒去歐洲國家見一個陌生的男人呢？

但欣西亞居然很豪邁的說：「八月！我們八月就在巴塞隆納見囉！」於是，偶就要去西班牙了……（哇哩咧）

掛上電話，複雜又忐忑不安的心情……真的是見鬼了，ㄚ誰可以告速偶，現在該怎麼辦哪？@＿＠

遠赴Spain大作戰

2001.07

第十八回合

　　雖然說還在很傻眼的狀態，欣西亞還是搖搖晃晃（還在驚嚇當中）到了位於民權西路上的旅行社，老實說我覺得很想吐，令我反胃的情緒有興奮和緊張，這個計畫不能讓爸媽知道，因為他們只會擔心和反對，我要憑自己的力量完成這個創舉！「整套行程叫做西葡12天深度之旅，飛機會在第一天抵達巴塞隆納的機場，最後一天會從葡萄牙返台……」小姐大致解說了一下，聽著聽著的欣西亞也有了些概念，腦中飛快的架構出我的行動計畫，目標也愈來愈明確，等到解說完畢，將報名費用刷了卡的同時，欣西亞也已經整裝待發。

　　沒有疑惑了，沒有猶豫了，因為這是我想要做的事，那麼，該做什麼，該準備什麼，就開始著手吧！時間不多了……

　　我參加了他們的西葡12天之旅，一下飛機就脫團和Shane會合，和他在巴塞隆納待七天後，再搭夜班火車前往科多巴追我的旅行團，然後完成繼續的行程。我還不打算在Shane的住處過夜，所以旅行社幫我訂了在蘭布拉大道上的

hotel，也上網查了火車的時間表，一切計畫有了雛形。

離開旅行社，馬上直奔誠品書店，買了西班牙的旅遊書、地圖，還有速成西班牙文的小手冊，回到家立刻研究起所有西班牙的資料，從名勝古蹟到當地料理，邊看邊做筆記，還有練習西班牙會話……

欣西亞可認真的咧，學校考試也沒那麼拚，我想多了解西班牙，想知道更多的事，我想要再見Shane一面。

生活變得忙碌而充實，Shane顯得很興奮，每天都問我進度如何？準備得怎麼樣？還教我說些簡單的西班牙文，我們的距離又再度被拉近，真的是太神奇了。

忙到半夜弄完要去西班牙的事，躺在床上就會胡思亂想，想著他會不會把欣西亞騙到西班牙然後賣了？或是做些謀財害命的勾當？應該不會吧……可是就醬子單槍匹馬，要真的發生了什麼事怎麼辦？要不要寫個遺書什麼的？想來想去，搞得好像真的會出人命一樣，心裡實在惶恐不已。

最後，是搞定欣爸和欣媽。當我跟他們說暑假要和Sophia（其實根本沒這個人）去西班牙玩時，他們的疑惑如我所料──怎麼突然間想去西班牙玩？欣西亞不疾不徐說出我的正確答案──因為大三就要選修西班牙文了，想去了解一下，聽說了解文化後再學語文會比較容易。 而為了不讓他們對「我和Sophia去」起疑心，欣西亞呢……在出發的前幾天就故意在他們面前抱著電話跟「她」大聲的討論行

程，其實電話的那頭哪有什麼人？回答我的都是：「下面音響，8點23分45秒……」

去西班牙的前一晚，我選擇在朋友家過夜，我給爸媽的理由是班機很早，我和Sophia一起去就好了，免得麻煩到你們。目的是再次製造Sophia真有其人的假象，也避免欣爸親自載我去機場，如果他在機場看不到Sophia，要欣西亞到哪裡去生給他？

為了這趟西班牙之行，欣西亞實在是用心良苦，對於習慣明察秋毫的包青天老爸，計畫真的要做到滴水不漏，深怕一個「出槌」，西班牙就會去不成了……

這個……欣爸和欣媽似乎還不知道欣西亞當時騙了他們，而且還騙得那麼有心機。我很怕當他們看到書上的真相時，會不會把我臭罵一頓？但是沒辦法呀，我爸對事觀察仔細，小時候做壞事絕對逃不過他的法眼，不過他沒想到平常做事冒冒失失的欣小亞，居然還是遺傳到他做事小心謹慎的個性，要說我的計畫天衣無縫，到頭來還是要感謝我老爸這個優良的出品人囉！

　　我從夜空俯瞰巴塞隆納的夜景，飛機就要降落了，我開始不自量力的想，「Shane，這一次，你能讓我安穩的降落在你的心上嗎？」望著窗外，雙手緊緊地握著拳頭，座位旁邊的人還安慰我說，「不要緊張，降落很安全的。」欣西亞緊張的當然不是這個，我好興奮哪，心臟乒乒乓乓跳個不停，等一下就可以看到Shane了，我想起在舊金山情人節那晚去Starbucks找他的心情，啊——眼角又開始濕濕的……

　　出了海關，他熟悉的身影很快跳進我的瞳孔裡，還是一貫燦爛的微笑，他曬得很黑，古銅色的肌膚，頭髮已經恢復成原來的深咖啡，還有，那雙叫我難以忘懷的碧綠色的眼睛，我不想走近，只想遠遠的看著他，這種距離，可以讓我把他全身都看仔細，這種距離，讓我有不害怕失去他的安心。他給了我一個擁抱說：「Welcome to Spain, Cynthia.」

　　到了巴塞隆納已經是晚上十點，我們乘著巴士回市區，先到我訂的hotel check-in，兩個人都ㄍㄧㄣ得很，我們都不確定應該把自己定位在哪裡，說朋友又太陌生，講情人又

太靠近，所以話題只是淺淺圍繞著台北、西班牙的生活，可是腦子裡想得都是彼此的唇和身體那種火辣辣的事情。在舊金山的感覺又再度將我們包圍，感覺很浪漫，我和Shane肩並肩走在聽得到浪潮的沙灘上，好幾次我們聊著聊著就沉默了，看著隱沒在雲層中的月亮，我覺得我們之間的事，就和它一般迷濛令人看不清。已經是凌晨，他要求我回他的住處，我答應了，不管是今夜或是明天或是大後天，就這樣和他待在一塊兒吧，我已經一分一秒都不想離開他了。

我的行李全扔在自己的hotel裡面，我的身體卻在他的住處緊緊的被擁抱著。探索著熟悉的唇和吻，這一次，我們親吻得好自然，擁抱得好熱烈，他終於說出他好想我，好想我，好想我……。我不在乎那通受辱的電話，我忘記其實他也只是跟著感覺走而已，我更裝做沒看到他床頭相框裡別的女人的笑容，我天真的以為我可以什麼都不用擔心，因為我在他懷裡，因為他吻我吻得好溫柔、好激情。兩個人就這樣狂烈的吻著、擁抱著，好像怎麼樣都不夠。

「希望時間永遠都停留在這一刻，希望夢永遠都不要醒……」當我跟我喜歡的人在一起的時候，心裡總是這樣祈禱著。

當我跟我喜歡的人在一起的時候，
心裡總是這樣祈禱著。

希望時間永遠
停在這一刻
希望夢永遠
都不要醒
當我和你
在一起的時候
我總是這樣
祈禱著…

啊……好刺眼──！看了一下手錶，已經下午兩點多了。全身痠痛，才發現自己正睡在地板上，環視了一下四周，咦……還有些東西是他從舊金山帶過來的，一樣的福祿壽三仙掛圖，還有那個小小的鬧鐘，一切的一切是那樣熟悉。這是欣西亞第二次在他的房間裡醒過來，光是這樣，就可以令人感覺幸福和充實，我想，當時的我，握著這對他來說微不足道的早晨，便可以天真的相信愛情一輩子。

　　Shane在外頭準備早餐給我吃，踏出了房間，我看見了他的室友們，他們很自然的和我喜歡的Shane聊著、笑著、開著玩笑，再普通也不過的生活瑣事看在我眼中都會教我嫉妒又羨慕，因為我喜歡他，所以有時候像正常朋友般的對話都覺得不夠自然，或者，更因為我是台灣女孩，就算英文再好，沒有相同的生長環境，很多話題我都很難插得上話，可是我想知道他的生活，想了解他的點點滴滴，我站在走廊邊邊，看著他們談笑風生，頓時感到有些失落，緊咬著下唇，不安開始從腳底往上爬，這時，他很大聲的向他的朋友們昭告著──嘿！大家，這是我的欣西亞！然後二話不說地拉著

我坐下。

出現在我面前的是裡頭夾了「奇怪的東西」的全麥吐司，像岩漿似的土黃色和紅色，正從吐司邊慢慢的滲出來，好吧！才剛消失的不安感重回我的懷抱，我開始猜想著眼前的東西究竟是什麼樣的「早餐」？

我問Shane：「這是什麼？」

他說：「花生醬夾果醬三明治（peanut butter and jelly sandwich），吃看看，我小時候最喜歡吃這個。」

一下子被他燦爛的笑容說服，我壯起膽子咬下第一口，黏乎乎濕答答的口感，嗯……嗯……噁——！我驚慌的連嚼都不敢嚼，喝了幾口水草草吞下肚。

搞來搞去，終於要出門了。我帶著化妝包滑進廁所，廁所的鏡子不大，要上粉底或眼影都不是很方便，突然之間，一顆大頭擠進了我的小框框裡，一下子擋住了我在上妝的臉龐。他正在弄他的頭髮，這裡抓那裡抓，又搓又揉，再加上吹風機伺候，欣西亞心想他頭髮短成這樣應該花不到三分鐘便可結束，索性退到一旁讓他弄到爽，沒想到，二十分鐘過去，他還是重複一樣的動作——搓、揉、抓、吹……。

「你在幹嘛？」我一臉狐疑，忍不住問。
「當然是弄我的頭髮啊！」
「可是二十分鐘過去了耶，該結束了吧？」

「還沒，我還沒弄好，你看！這裡還是翹翹的。」

老天──！真的假的？@＿＠

　　欣西亞有點傻眼，老實說我從沒看見一個男生這麼愛漂亮過，再瞥見自己才畫了一半的臉，忍不住催促，「你的頭髮已經很棒了，該我化妝了啦！」三秒鐘過去，沒動靜……

　　在巴塞隆納的那幾天，我和他常常在搶那面小得可憐的鏡子，後來兩個人學會了妥協，一人一邊，他搞他的頭髮，我化我的妝，雖然很麻煩很不方便，但那卻是我最喜歡的時刻，因為我們肩並肩站著，因為我們的視線會在鏡子裡交接，因為我們口中會很隨意的聊，因為這讓我感覺什麼是兩個人的生活，什麼是走進他的生活裡。

欣西亞有點傻眼，
老實說我從沒看見一個男生這麼愛漂亮過

倔強，不會要你留下

2001.08

　　我和Shane在巴塞隆納真的很開心，每天就是盡情的玩、盡情的嘗遍道地的美食料理，扔在hotel的行李全搬進他的家，費心訂房的錢全浪費掉了。七、八月分正是西班牙的旅遊旺季，蘭布拉大道上從日出到日落全擠滿了人——來自各地的遊客，街頭表演的藝人，還有，站在角落等著生意上門、濃妝艷抹的妓女和皮條客⋯⋯。他害怕欣西亞在人群中走丟，所以總是緊緊地牽住我的手，夏天的氣候很熱，我們的手心都冒出汗了，變得黏黏滑滑，可是我卻一點都不覺得噁心，對我來說，那是一種很實在的感覺。 巴塞隆納是個熱情又開放的城市，我們在眾目睽睽之下甜蜜地吻過一次又一次，此時就會有個聲音在告訴自己，「怎麼辦呢？我變得比在舊金山的時候還要更喜歡Shane 了⋯⋯」

　　可是，愛情畢竟還是傷人的，因為它有時帶著很多不確定和祕密，這是我遇見他以後才了解的事。

　　「你要去就去吧 ⋯⋯我不會留你⋯⋯」我聽見自己啞著嗓音對Shane這麼說。幸福快樂的感覺落空了，剛才我們還很愜意的在沙灘上做日光浴啊，我還嘗試了第一次天體營

呢，現在卻發現自己搖搖欲墜地倚在牆邊，很努力的告訴自己要堅強、要加油、要冷靜。「為什麼會這樣子？」我在心裡不停的問，無力的希望這一切都不是真的⋯⋯

從海邊回來後他告訴我要離開一下下，目的是一所大學，為的是他的巴西女友Marianna，他們約好了今天上線聊MSN。我的心在一瞬間糾結了起來，感覺世界正在崩毀，當我聽到girlfriend這個字時，整個腦袋在轟轟作響，是我的錯覺嗎？有幾秒鐘我的耳朵好像什麼都聽不見，只有醫院裡心電圖呈直線的「滴──」的聲音，像病人被宣判急救無效──死亡。胸中膨湃的複雜感覺頓時將我淹沒，欣西亞彷彿找著了他床頭相框中女人的名字，定義了他們的關係，原來，她叫做 Marianna。

還不只這樣，在很短的時間內我也看清了我的地位與不堪，當我離開舊金山的時候，我以為他不會為誰做努力，我以為我們戀情的結束是因為距離，但是我太天真，其實真正原因沒別的，就只因為他「沒愛上我」而已。他還得坐30分鐘的電車才能到達學校用internet，他這樣不辭辛勞的遠行對我來說是多麼諷刺？更諷刺的是，我人還活生生的在他身邊哪，他還是願意選擇遠在天邊，看不到、摸不著的Marianna，那麼，我們每晚親密的吻和擁抱，又算什麼呢？

外面是八月火傘高張的大熱天，我站在他面前渾身冷得不停地顫抖，壓抑著快潰決的淚水，口中只是不斷重複地

說：「你要去就去吧，我不會留你的……」我絕望的盯著他碧綠色的眼睛，他的眼神充滿著我不解的訊息，抱歉？還是同情？我一個都不想要，我只想他愛我，就這樣，難道就這麼難嗎？Shane有點艱難的開了口，他說，「我還是得去的，欣西亞，不是我選擇了她，而是我和她有了約定，希望你了解。」於是，欣西亞就一個人被遺落在空蕩的屋子裡。這時候，我才敢讓眼淚掉下來。

　　我俯在他床上啜泣著，雖然很受傷，雖然千里迢迢的來到了西班牙還是這樣的結果，但這就是我想要的答案不是嗎？他，就是不愛我。這樣就夠了、就值得了，這就是我的目的，應該要很高興、很滿足才對啊，可是，為什麼……我的淚水就是流不停呢？

他的眼神充滿著我不解的訊息，抱歉？
還是同情？我一個都不想要

　　欣西亞哭泣著、哭泣著，其中居然還發現自己的各種哭聲，先是嚎啕大哭哀嚎（就是有點哭天喊地那樣），接著轉成斷斷續續的抽噎（因為已經有點小累），最後就只是俯在枕頭上默默流眼淚（哭到筋疲力盡），腦子裡只能安慰自己「Marianna聽說跟他在一起也有四個月，我和他在一起加一加才十四天，十四天要拚過四個月，哪有可能？所以我才輸的。」（試著用數字分析感情的傻女人。）

　　這時，哭得紅腫的雙眼在迷迷濛濛中瞥到一個目標物，那是一本筆記本，正靜靜的躺在床頭的角落。「啊！我知道那是什麼，那是Shane的日記本！！！」腦袋裡像發現新大陸般響起這段話，「日記本」三個字還不斷在echo，正在欣西亞的腦袋中以高分貝大肆廣播著。是滴！那就是Shane的日記本，我看過他在睡覺前都會在本子裡塗塗寫寫。哭過的眼睛頓時亮了起來，像兩千瓦聚光燈一樣打在本子上，並開始飛快的對它動起歪腦筋。

　　「裡面搞不好有寫我什麼，要翻就趁現在，快──！」
　　「可是如果被Shane發現，我一定會被討厭。」

雖然左右為難，但也在很短的時間內達成協議——沒關係！只要不要被他發現就好了，這樣我可以看，又不用惹他生氣，這可說是個兩全其美的好計畫（想太多）。雖然說偷窺別人隱私是一件很不道德的事，但事到如今，老娘也管不了那麼多了，我決定放·手·一·搏。

　　馬上停止哭泣的欣西亞，帶著沾滿淚水和鼻涕，還有黏TT的臉（剛哭完不都會醬子嗎？而且臉還會緊繃），以快！狠！準！的動作搶下日記本，邊回想著Shane到底離開了多久，還剩下多少時間完成任務，邊心驚膽戰的埋頭猛翻。靠靠靠靠靠！我的手抖得超兇，心臟快從胸口裡跳出來，定睛一看，噢——！雪特！！！怎麼全部是草寫？？？再往後翻翻翻，真的乁，全部都是亂七八糟的草寫，好像楔形文字那樣，這下欣西亞可頭大了，哇哩咧——！這麼多像毛毛蟲在爬的鬼畫符，要叫我怎麼看哪？我又不是考古學家！就算硬著頭皮說文解字也要很多時間好不好？

　　不過憑著中華兒女不屈不撓的精神，欣西亞還是很努力的「指認」著每個字，裡面除了文字，還有很多塗鴉，不過都很醜，哦買嘎！連圖都能畫成那樣，草寫當然更難辨別，我一邊「馬的！這到底是在寫什麼？」一邊「雪特！Shane是不是快回來了」的兩頭忙，中間還穿插「這附近有沒有7-11？乾脆拿整本去copy比較快，再帶回台灣慢慢看就好啦！」終於，皇天不負苦心人，我看到Cynthia的草寫字，

那一刻感動得眼淚差點噴出來⋯⋯　~~~>__<~~~

　　他在本子裡寫著：「令人匪夷所思的，Cynthia 又一次出現在我的生活裡，在Berkeley的美好感覺又全部回來了，這就是我的 Chinese girl，my little silly Chinese girl。她像蝴蝶一樣那麼小又那麼漂亮，飛舞在我的stomach裡，讓我興奮、期待又緊張⋯⋯」

　　當時我真的很想拿一支筆，留言在他的日記本上，告訴他：「I am not your little girl, Shane. I am a woman. I need to know if I really want you or not. That's why I am here.」（我不是你的小女孩，我是個女人。我必須要知道我要、還是不要你，所以我在這裡。）

　　從本子裡我看不出他的意思，看不清他到底打算拿我怎麼辦，不過那些都不重要。欣西亞愛人往往很任性，我不管他喜不喜歡我，我就是有愛他的權利和自由。相對的，我也可以決定要不要他，要他，我會全力去追求，不要，我也會重重地甩他個措手不及。男女關係的遊戲裡，規則我定，發球權也一向讓我緊握在手裡⋯⋯

女人的霸道宣言

2001.08

　　他終於回來了。看見欣西亞躺在床上，臉上還掛著淚痕，房間裡很整齊，當然還包括他的日記本，還是靜靜的躺在床頭的角落裡。我眼睛半閉半睜開，看見他，很快的閉上眼睛、別過頭去。Shane遞給我一罐他買的東西，罐子裡裝滿了紅色愛心的巧克力糖，「謝謝……」我懶懶地說，沒多看兩眼的就把罐子放在旁邊，心裡想著，你這沒良心的臭男人，不要拿這些東西來哄我。>＿<

　　我們面對面坐著，他盯著我濕濕的臉，還有哭過的眼睛，嘆了一口氣說，「我該拿你怎麼辦呢？欣西亞。」望著他那雙愛憐和誠懇的眼睛，心又開始絞痛起來，因為我知道他同情我，但同情和愛情不能混為一談，就算再同情也不是喜歡我，無奈的感覺頓時令我淚如雨下，欣西亞將深藏在心裡的感覺全部對他傾訴，一古腦地告訴他，「你知道嗎？我好嫉妒好嫉妒好嫉妒！我嫉妒那個Marianna為什麼這麼遠還能這樣讓你牽掛，為什麼不是我？我就算嫉妒也沒資格，因為對你來說我什麼都不是，我不是你女朋友，所以我沒理由嫉妒，可是人的感情不是邏輯可以解釋、不是自己可以控制

的，Shane，我好痛苦……」我只想讓他知道我的感覺，我不害怕坦白之後的難堪，我只害怕自己說得不夠清楚明白，而讓他有藉口逃避，他是該知道這些的，因為我很喜歡他，喜歡到令我嫉妒、令我痛苦、令我矛盾。

「可是如果我們要在一起，那我就必須去台灣……」他思考著，但是我卻飛快的打斷他，「不是這樣，你不需要做什麼的，喜歡你是我的事，我自己會想辦法，你沒準備好要愛我就不要來，這是我自己的事！」我是真的這麼想的，反正不管怎麼樣，我都不會麻煩他，而且……我也不知道他來台灣到底好不好，我不想他是「因為我」才來台灣的，這是他的人生，欣西亞不想為別人的人生負責。他對於我的獨斷獨裁感到難以置信，不可思議的問我，「你怎麼會說這是你的事呢？這是我們兩個人的事啊，我也有參與的權利，你不能愛怎樣就怎樣。」「我不管，反正你準備要喜歡我了再來台灣，沒想清楚就不准來，其餘的，我．自．己．會．想．辦．法——」

欣西亞覺得，為了你我都能追來西班牙了，那還有什麼我做不到的？不管在天涯海角，如果我要你，我就會去世界的每個角落把你找出來，由不得你說「不」。

女人在愛情裡，要霸氣、要任性，也要很篤定，想清楚你要的是什麼樣的愛情，想清楚了，就放手去追，沒什麼好懷疑、好猶豫的。

我想Shane到現在應該都還不知道我看過他的日記本！
不過和他生活在一起之後，欣西亞對Shane的私人信件或留言或
日記本完全失去了興趣，有時候用電腦，發現他的yahoo mail是
開著，我也沒想到去看，手機裡面有誰的電話我也不是很清楚，
不知道，這樣是好，還是不好呢？

幫他DIY的處女秀

2001.08

　　巴塞隆納的太陽總是到晚上九點才下山，雖然晝長夜短，但人們也絕不是「日出而做，日落而息」。日落的來臨，往往為瑰麗的夜和煽情的男女，拉起歡愉和縱慾的序幕。巴塞隆納是個不夜城，到了凌晨兩、三點還聽得見酒吧傳來一陣又一陣的嬉鬧聲，成雙成對的男女勾肩搭背的穿梭在大街小巷內，帶著濃濃醉意的他們，常常就在酒精的催化下情不自禁地倚著牆角擁吻了起來，很熱烈、也很原始。

　　和Shane在他的房間內，我們每晚都讓本能釋放、很「努力的研究功課」，忘情地擁抱彼此，深深地吻遍肌膚的每一寸，但親親抱抱已不能滿足高漲的情緒和欣西亞對性的好奇心，那麼，來點香艷刺激的吧。那時候欣西亞懂得不多，但自認天資聰穎，總能在短時間內一學就會，再加上傳道、授業的師者是個經驗豐富、不可多得的活教材，看在欣小亞虛心向學的分上，進度當然不負眾望的超前。

　　那一晚，我們又再一次在床上坦誠相對，平常欣西亞都很俗辣的只敢攻Shane的上半部，他的下半部我連碰都不敢碰，因為覺得和他的小兄弟還不到搏感情的地步，不過因

為每天晚上都一定會看到它，大家都混熟啦，所以今夜想更——深入地了解。「欣同學，來學學口技吧！」他說。還好欣西亞在台灣有偷看過彩虹頻道，看完還很異想天開的拿了根香蕉來練習，剝了皮的香蕉放進嘴巴裡含住的感覺真的很詭異，更不用說要舔要玩了，神經病哪？後來剝皮香蕉就很快的被欣西亞幾口咬斷吃下肚了（真是個狠角色），呵呵！不過大家不用擔心Shane的安危，欣西亞還是很有common sense的，所以在真正實習的時候做得還算上手，輕輕的、細細的、柔柔的，讓先生很是滿意地驚嘆不已：「Good job! Good job! Excellent!」

可是大家別以為我接下來就會駕輕就熟，老實說欣西亞邊玩心裡邊皮皮挫。不瞞大家說，其實本人有恐鳥症（因為這是偶的第一次咩），ㄟ……準確的說是恐懼「鳥裡面噴出來的東西」，因此表面上裝得好像很厲害，骨子裡簡直快剉塞，我不斷的在心裡OS：「這樣下去會怎麼樣？他的鳥就會爆炸厚？噢買嘎！拜託不要爆炸在我嘴裡ㄚ，老天爺——」（果然是沒經驗的可憐台灣女生。）所以看Shane愈來愈開心的表情我的頭皮就愈麻，終於忍不住的跟Shane說：「你可不可以不要爆發在我嘴裡？我會怕……」他就叫我用手好了，反正都會爽歪歪。於是欣西亞改用萬能的雙手幫他服務，可是從來就沒見過大場面的偶心裡還是很忐忑——誰知道男生會噴到哪種程度啊？有多高？多遠？

ㄚ──真的好可怕！>＿＜

接下來的感覺就像是在玩一個不定時的炸彈，不知道它啥時會背叛我而引爆，想著想著還看到炮口正衝著我的臉而來，哇哩──欣西亞緊張得都快哭出來了，再說也搞好一陣子，人家的手好痠好痠ㄛ，好像快要脫臼了，真的是很矛盾的心情，就是希望一切快點結束，（*快出來吧，你這頑固的傢伙！*）但又希望這一切不要結束，（*還是不要出來好了，因為場面好像會很難收拾，搞得到處都是……*）在他床上的欣西亞簡直是騎虎難下。

「喂──Shane──！你快要出來了嗎？快出來了要說ㄛ！」

我一邊死命的埋頭苦幹，一邊和他隔空喊話。

過了一會兒，只見他聚精會神的說，「嗯──好！很有感覺，我快好了，快好了！」

既然他這麼說，就勇往直前吧！雖然有著豁出去的心理，身體還是微微的往床邊移了一下，免得他太high而殃及無辜，「快出來──！快出來了──！哇啊啊啊啊！！」

……咻……！

「等一下，等一下──！哎喲喂呀！」

驚惶失措的欣西亞居然「蹦」的一聲跌落床下，而手裡仍舊是很敬業的握著Shane的小火山，他還沒發現我已經消

失在床面上，還繼續吶喊，「噢哦哦哦──！我出來了！我出來了！」

一聽他這麼說，顧不了渾身摔得慘兮兮，欣西亞火速戴上放在床頭的眼鏡，開始很仔細地盯著眼前轟轟烈烈的盛況。

「嘩──！多麼壯觀丫──！」

原來「火山爆發」就是這麼回事， 實在令人嘆為觀止。Shane卻早就笑倒在一旁了，因為，從來……沒有……一個女人在他床上是這副德行滴。他笑得上氣不接下氣，連眼淚都飆出來了，最後氣喘吁吁的對我說 ：「哦，天哪！欣西亞，你有需要從頭到尾都抓著我嗎？哈哈哈！都掉到床下去了耶，我的媽呀！你也太敬業了吧你？」然後就看到Shane在他的日記本裡振筆疾書，說要把這一刻好好記錄起來，寫著寫著又開始竊笑起來。（這屎小孩，懂不懂禮貌丫？）這個幫他DIY的處女秀非但沒變成限制級，反而變成一場鬧劇，這未免也太扯了吧？

日落的來臨，為瑰麗的夜和煽情的男女拉開縱慾的序幕，而我們那一天在一片歡笑聲中，迎接晨曦……（嗚嗚──偶不要啦！雪特！ 欣西亞不甘的淚水 Orz）

聖誕節的腳步近了。欣西亞在家做了好多巧克力和薑餅人餅乾，而Shane的工作就是要幫薑餅人用糖霜畫上眼睛、鼻子、嘴巴，看他邊搞邊大笑，自己在那邊玩得很開心，當我驗收成果時，媽呀，不得了！這些薑餅人全像鬼上身一般，眼歪嘴斜、表情猙獰，一點都不可愛了！

西班牙時間下午2點。

　　整個火車站吵鬧得幾乎快把屋頂給掀了，到處都是人潮──排隊買票的、插隊的、爭先恐後的，要跟人卡位還要小心前面和後面，因為稍微一推擠到別人，輕則招來白眼伺候，重則引發暴力血腥事件，下場一定慘兮兮。不僅是這樣，還要注意不要踏到地上躺著或坐著的旅客，他們不是閒閒沒事做，也不是無處可歸的流浪漢，看到地上的登山背包沒？是的，他們全是等著買票和火車的旅客，男男女女睡的睡、聊天的聊天，說的都是欣西亞聽不懂的語言。

　　我和Shane一踏進火車站就被眼前的人山人海給嚇傻了，暑假正是旅遊旺季，手腳快的在個把月之前早已訂好了車票，我這個白痴笨蛋，自以為只要上網查好火車時刻就萬事OK，明天要去科多巴跟旅行團會合，今天才悠悠哉哉的到火車站，想買車票？哼哼……（冷笑兩聲），想得美咧！

　　「我們要搶的是明天晚上11點35分直達科多巴的票。」Shane 一說完就開始在彎彎曲曲的隊伍中排了起來，哇咧……萬頭攢動的前面還有前面，看樣子要買到車票真的

是mission impossible。我心裡想著，如果買不到車票，那我就能和Shane繼續待在巴塞隆納了，哦耶！^_^嘴角忍不住上揚，一陣歡呼在心底油然而升。可是理智馬上制止了我──蠢什麼ㄚ你？如果因為醬而回不去台灣就糟了，你要你的謊言被拆穿嗎？一邊想著爸媽很氣憤的表情，一邊在一旁死命搖頭，但又看看站在旁邊的Shane，又忍不住OS──我真的很想和你在一起，但是，台灣住人比較方便，還有屈臣氏可以逛，你懂的，藥妝店對女生的重要性⋯⋯。整個就是一個愛演，買票這件事早忘得一乾二淨。

還在幻想著如果我可以留在Shane身邊，那和他的關係會不會就此有了新的開始？我們會不會開始交往？我會不會變成他最愛的人？欣西亞眼前突然出現了那該死的東西，沒錯！就是那張要拆散我們的火車票！

「你怎麼買到了？怎麼可能？」我拉著他問。

Shane喘著氣回答，「直達票賣光了，可是我搶到了轉乘票，你從巴塞隆納先去馬德里，然後再從馬德里接科多巴。」

欣西亞兩眼盯著Shane千辛萬苦才搶到的票，變得傻愣愣的──馬德里⋯⋯馬德里⋯⋯馬的咧──！！！（發出怒吼！）

那我就不能留下來啦！Shane這死小孩，那麼拚命幹什

麼？我一點都不開心，反而覺得很火大，胸口悶悶的，腦袋空空的，只覺得眼眶愈來愈緊、愈來愈緊，然後，在下一秒鐘……「哇──」的一聲大哭了起來。

真是雪特！連老天爺都要我非走不可，非走不可就算了，火車出發時間還比當初預計的早了8個多小時，和他最後在一起的時間都被硬生生地縮短，我整顆心都碎了……他看見我哭得淅瀝嘩啦的，也趕忙把我抱緊，並在我耳邊輕聲說，「我也很捨不得你，欣西亞，真的，我也想要你留下來，就算是多幾天也好……」

但我知道魔法還沒有實現，我很清楚就算我多留那幾天，你還是不會變成我的，如同當初在舊金山一樣，這一次，我還是必須選擇堅強的離去。

Shane在西班牙時，對中文還很陌生，那時候他能說的東西只有「我餓了」和「我很累」。現在可不一樣，可以用中文和我鬥嘴，看得懂中文的綜藝節目，也很會學吳宗憲講些五四三，他的西班牙文已經忘得快差不多了，發現他的西班牙文退化到只能用來點餐，而且邊說還會夾雜幾個中文字，沒辦法，Shane說很多字他只記得中文要怎麼說，西班牙文全忘光了。@__@

　　我坐在前往馬德里的火車上，頭靠著窗，眼眶中早已氾濫成災。我又再一次離開了他，一個人哭泣著，仍然沒有例外。認識了他以後，體會最深的是我的淚水，它們了解到愛人的無力和無助，如同自己正不停歇的向下墜，沒有希望、沒有選擇權。

　　「再見了，巴塞隆納，再見了，我心愛的人。告訴我，這一次，我擄獲了你的心了嗎？」腦海裡還回想著早上和他的溫存，肌膚上彷彿還殘留著他的體溫，我訴說著想在他的懷中蛻變成真正的女人，他卻婉拒了……「為什麼不想抱我？難道，我的存在對你來說，就那麼沒意義嗎？為什麼不要呢？」女孩帶著傷心和絕望，還有一連串對於他的迷惘，隻身離開了巴塞隆納。

　　「離開他身邊已經三個小時……」習慣是一件令人害怕的事，一個禮拜來和他的朝夕相處早把我慣壞，在淌著血的心裡默默算著和他分離的時間，愈算就愈不能理解自己的執著和逞強。「我會再回到他身邊的，無論他在世界的哪一個角落，我都會追去……」腦袋裡不停重複著這句話，縱容自

己徹底陷下去吧！當這決心萌生的同時，我知道我已經無藥可救了。

火車在路上疾馳著，眼前景物不斷的被向後拋，我的視線很模糊，連坐我對面的旅客的臉都看不清楚，他正用著西班牙語對我說話，可能在關心我發生了什麼事，真有人情味，「可惜，感情這種事情，除了自己，誰也幫不了你……」我對他勉強擠出一絲微笑，然後比了個OK的手勢。

黑幕已拉起，窗外一輪好大的明月，亮晃晃的，溫柔的光芒投映在我哭過的臉上，望著它，感動和感謝的心情，在一瞬間填滿了原本空虛的胸膛。

我知道我並不後悔來西班牙這一趟，因為我又見到了你，而這是我為自己做的事情。如果不是你，我不會看見自己能那麼堅強、那麼獨立，因為你，我了解愛人多麼需要勇氣，若不能勇敢便無法愛人，這一切的一切，都是你教給我的。

Shane，是你讓我體會愛人的喜悅，是你令我因愛而期待、而欣喜、而堅強，就連同這美好的月光，如果不是你，我就不能一個人在西班牙的火車上享受它的浪漫平靜，對於你，我由衷發自內心的感謝。

前往馬德里的火車仍舊在漫漫長路上奔馳著，車廂內的女孩早在不知名的時刻止住了淚水，嘴角綻放出的燦爛笑容，和窗外的月光相互輝映著，她比任何人都有理由為自己感到驕傲，因為她是勇敢的，她是堅毅的，她是獨立的，她是幸福的。

第二十七回合　馬德里不思議

2001.08

馬德里到了……馬德里到了……。

　　欣西亞拖拉著行李在車站大廳轉來轉去，我只有20分鐘的時間找到轉科多巴的那班火車，想到就頭大……@_@ 因為在台灣欣西亞只會坐捷運，坐火車的次數屈指可數，該南上北下永遠搞不清，連莒光自強號都不知道哪一台比較快，更不用說要在遙遠的西班牙，尤其看板上跑的是西班牙文，車票上打的是西班牙文，身邊能問的路人甲乙丙丁也全部都說西班牙文，噢買嘎──噢買嘎──突然驚覺偶已經陷入全部都是西班牙文的境界，天哪！（冒冷汗）

　　欣西亞在冒冷汗不是沒有原因，我明明跟路人甲用英文問我應該去第幾月台，結果咧？他居然用西班牙文回答我，還講得很詳細的樣子，他馬的咧，我用英文問就是因為我聽不懂西班牙文哪，裝肖維……問了路人乙也一樣，哇咧──！眼看火車要出發的時刻漸漸逼近，本人急得像熱鍋上的小螞蟻，終於，在站長流利英文的協助下，欣西亞在火車要開動的前一秒，抓著大包小包的行李，咻！的一聲跳進了車廂。

歐洲的夜火車真不是蓋的，有整齊的包廂供旅客休息，另外還附一節餐車，可以讓人打打牙祭。我輕輕拉開包廂的門，坐進位子喘了口氣，本來混亂不堪的腦袋慢慢平息下來，還是靠車窗的座位，還是窗外的明亮月光，包廂裡只有我一個人，此時此刻的我和今天下午剛離開愛人身旁的那個女孩已有所不同，經歷了那場奮戰，我似乎忘了和他分離的痛苦和感傷，淚水早已止住，我知道接下來的旅程我會好好的一個人完成，是的！帶著這個我在巴塞隆納新認識的自己，接下來的旅程我不會孤單。

　　已經是凌晨3點多，閉上的疲憊雙眼很快的被外來者驚醒，進包廂的是四個高大的歐洲男生，大約二十來歲，欣西亞在昏黃的燈光下飛快的打量著他們──年輕、俊美，該不會是F4現身吧？ @__@　其中一位的雙眼還和欣西亞來個四目交接，嘩──！嚇得我又趕快把頭別過去。F4（很愛幫陌生人取綽號）二話不說的將我旁邊的座位放平，大通鋪瞬間出現在我眼前，然後將他們的背包當成枕頭，倒下便蒙頭大睡，前後花不到五分鐘，身手可說是乾淨俐落。被「卡」在最裡邊的欣西亞看著他們從短袖上衣露出來的結實大肌肉，卻沒有心情享受這份艷遇，超詭異的好嗎？這是個包廂耶！包廂門緊閉著，包廂內暗濛濛，然後，我被這四個大男生卡死在最裡面，「要是F4要對我這樣……或是那樣……，我一定會死得很慘……」>__<"，想到年輕小伙子

精力旺盛下可能發生的後果，欣西亞大氣都不敢喘一下地展開我的逃亡計畫。我悄悄地跨越F4的身體，像輕功般的腳尖快、狠、準的游移在人體間的縫隙，邊躡手躡腳，邊祈禱著他們別醒過來或睜開眼睛，目的地就在眼前，結果……啊！我的行李！雪特！行李忘了拿！兩隻腳尖卡在道明寺（哈哈！因為髮型超像的）的雙肩，頓時陷入兩難……「要不要拿？還是下車前再想辦法？」「欣西亞，你最好趕快做決定，不然道明寺醒來看見自己的臉位在你胯下，你會很難交代。」厚——！心裡邊罵邊折回去，哦哦哦——把行李扛在背上跳上跳下的欣西亞好像忍者龜。終於，在發揮堅忍的中華兒女精神之下，順利逃離了F4的魔掌。

緊緊抱著家當，窩在門邊坐了下來，伴隨著「匡瑯、匡瑯」車輪壓過鐵軌的聲音，我又昏昏沉沉的睡去，迷濛中有個男子拍了拍我，要我靠在他肩膀上，欣西亞居然想都沒想的擁著陌生的他入眠……（切！要抱男人包廂裡有F4可以抱，我這是何苦？）

前往科多巴的夜晚，馬德里車站內的轉車叫人瘋狂，包廂內的冒險令人難忘，而在那男人懷裡的我，行徑叫人不可理喻，但又如何呢？反正我說過了啊，Shane，我說接下來的旅程我會好好完成，和這個令我驚艷的自己。

啓程吧！
因為我已經準備好了！
2001.08

　　抵達科多巴已將近凌晨，一個人單打獨鬥的冒險也接近尾聲，接下來，就是等旅行社的導遊來接我，然後為這一切畫上完美休止符。

　　距離約定的時間還有3小時，大廳外已經可以看見微微的晨曦，那耀眼的金黃色，好美！好美！金黃色的陽光迅速點亮大廳的每個角落，當暖烘烘的溫度將我的臉和身體團團包圍時，我告訴我自己，「欣西亞，啓程吧！因為你已經準備好了！」我和你的旅程已經完美結束，我的心中沒有任何遺憾了，而我深信當我在巴塞隆納和你說再見的同時，也親手為我們的未來開啓了另一扇窗，到時候，那窗外的太陽，想必也會如同現在的陽光一樣，刺眼得叫你我都無法睜開雙眼吧？

　　接下來的行程比我想像中好得多，我很慶幸自己沒因為思念或分離的情緒而在這該玩樂的時候分心，取而代之的，是用心發覺這國度帶給我一連串的驚喜，西班牙海鮮飯挑動我的味蕾，佛朗明哥輕快的舞蹈令我目不轉睛，外加沿途熱情的西班牙男子對東方女孩總不吝於給予吹口哨的恭維，我

在自己的陪伴下，「兩個人」確實享受了許多動人美好的時光。

就算是這樣，欣西亞偶爾還是遭遇了寂寞無情的襲擊。這種場合多半發生在結束美好的一天之後，一個人走進單身的飯店房間時，當我轉身關閉好似與世隔絕的那扇門，我知道我建築出來的志得意滿正在悄悄崩毀。

面對寂寞，我的內心是平靜的，我選擇不以淚眼相對。沒什麼好哭的，不是嗎？我把寂寞的感覺解釋為不習慣。我不寂寞，只是不習慣一個人睡一間房；我不哭，因為我沒有該哭的理由。

就連到後來的某一天，欣西亞在途中受了風寒，整坨人如同爛泥般癱在孤零零的床上，喉嚨像火在燒，頭像壓了個千斤鼎，整個世界在天旋地轉，我也只是悄悄地翻了身，擁著陪伴在身旁的寂寞入眠。

整個世界在天旋地轉，我也只是悄悄地翻了身，
擁著陪伴在身旁的寂寞入眠。

1個人看電視的時候，
我不寂寞…

Shane
娃娃

歡迎
光臨！
收看！

1個人吃飯的時候
我不寂寞…

梭嚕
梭嚕～

1個人睡覺的時候
我不寂寞…

ZZZ

因為心裡有你
所以不寂寞…

66

其實放任欣西亞一個人在西班牙也不是很好，因為只要身旁沒同伴，她就會像隻脫韁野馬，想怎樣就怎樣。

「我很清楚我是怎樣的女人，我喜歡隨心所欲，更愛胡作非為，也許常常高估本身的實力，但我仍順從腦袋裡響起的聲音，我不三思而後行，我只相信我自己。」欣西亞說著。

旅行團正排隊要進入劇場內看show，我卻被那蠢蠢欲動的念頭搞得心神不寧。離開巴塞隆納後，我一直在找一張CD，演唱的是一個西班牙三男一女的團體，叫「梵谷的耳朵」。當我和Shane擁抱在一起時，他們的音樂充斥整個房間，滿載幸福和甜蜜，兩個人的愛情也許會消失，但它留下來的回憶，卻叫人回味無窮。

剛才遊覽車經過了一個大的shopping mall，我就一直想著回去找那張CD，明天就要出發去葡萄牙了，要回去就趁現在。腦袋裡一連串的計畫像走馬燈般快速跑著，踏進劇場的門口前一秒，我轉身跟導遊交代了行程，跳上計程車，火

速往目的地前進。

　　我必須要在show結束前回去，時間只有一小時。瞪著出門玩還堅持要穿的高跟鞋奔入shopping mall 裡面，帶著乒乒乓乓的心跳直衝CD區，開始瘋狂的尋找，我翻──我翻──我再翻──！當你有分秒必爭的壓力時，一分鐘就會變得像一小時般漫長，欣西亞勉強集中精神搜尋著，跨越CD片的手指尖抖到不行，腦袋瓜一片空白，面對盡是像大海一樣的各式專輯，我覺得我好想吐！>_<

　　最後只能拉著人求救，拿出寫著專輯名稱的小紙片比手畫腳的問收銀員。

　　「Where？ Where？」她回答，

　　「not here...」接著指指窗外對街說，

　　「there, yes...yes...」

　　什──麼──！？@__@ 欣西亞臉都綠了！

　　「這裡沒有嗎？騙人！」

　　「對面才有嗎？」

　　「現在幾點了？老娘快沒時間了啦！」

　　一陣OS連連。事到如今，說什麼都一定要把「梵谷的耳朵」給拿到手才行。

　　連滾帶爬的進了對街的小店，氣喘吁吁的請店員幫我找，隨著汗在臉上狂飆，一時之間居然連自己身在何地都

感覺迷惘，而當CD送到我的雙手時，一切似乎變得不再真實，看著它，突然有種「我在幹嘛啊」的愚蠢念頭。看看手錶，有點不敢相信自己的眼睛，從離開劇院、像無頭蒼蠅在大街小巷衝來衝去到任務達成，居然才花了25分鐘而已。呃──有點小吃驚，我……是閃電俠上身嗎？ @__@

悠悠哉哉地回到劇院的門外，show還要一會兒才結束呢！在外頭的雜貨店點了瓶可樂坐下來，馬上聽起那首歌，動人的回憶全部湧上心頭，那一刻的我，覺得自豪，覺得驕傲，因為我覺得，這是我用盡全身的力量而抓住的，愛情消逝的尾巴。

當我說要買吸滴時，腦袋裏總浮出些奇怪的畫面...　　　　可能是這樣...

或是這樣...

團體取名"梵古的耳朵"，可能跟藝術家梵古曾經
割下自己的左耳有關，取名的靈感也許就從這兒來的...

對著導遊咆哮的女人

2001.08

「你這個導遊到底是怎麼當的？沒看過你這種不體貼的人，懂不懂什麼是customer serviceㄚ？」我聽見自己用盡全身的力氣對著我們的導遊先生咆哮。噢買嘎！！

不要問欣西亞為什麼搞成這樣？因為我自己也不太清楚，我只知道體內有部蒸氣機在運作著，蒸氣們爭先恐後地想從身體裡被釋放出來，隨著我的鬼吼鬼叫，發出「滋！滋」的聲音。雖然不能解釋自己為何非搞成這樣不可，倒是可以和大家分享欣西亞的心情——嘩！好爽！全身細胞像喝了舒跑一樣暢快，原來對一個討厭鬼發脾氣是件多麼令人愉悅的事情呀！

自從加入旅行團之後，對於導遊先生的惡行就時有所聞，像是常常分不清東南西北的帶著大夥兒迷路，好不容易到了目的地又老愛催促大家買東西、買藥、買紀念品，沒有所謂的深度之旅就算了，要走馬看花都很勉強。這樣惱人的行徑讓團員對他的不滿日漸加深，偏偏他就是欠罵，你好心找他商量，他居然還不識相當耳邊風聽聽就算了，還理直氣壯的丟些歪理給你，最後乾脆告訴你說這樣很麻煩、很不方

便，所以他不想做。欣西亞那時脫團跟Shane在巴塞隆納玩昏頭，歸隊以後便慢慢感受到他的不專業，本來想說出來玩別弄得很難看，直到今天……

今天要到一個遊樂中心參觀，光是車程就拖了三個多小時，這還不打緊，大家都說不用再停車買藥了，導遊還是充耳不聞，堅持要在定點做停留。「搞什麼東西？這不是第一次了耶，這傢伙有沒有良心啊？」悶到快餿掉的欣西亞，只能不停安慰自己，「一切的等待都是值得的，等一下到了老娘一定要大玩特玩！」

好不容易到了遊樂中心，哇賽！看到園內各式各樣的玩樂設施還有人潮歡樂嬉笑和尖叫聲，欣西亞眼睛都「金──」的亮起來，正想邁開步伐，導遊卻說，「好！各位！我們一小時後準時發車，千萬不要遲到了。」什麼？本小姐差點沒當場摔死在樓梯上，一個小時？玩個旋轉木馬，排個海盜船就沒了，我不依我不依啦！~~>__<~~

大家也開始不平，紛紛反映這樣時間不夠，於是欣西亞便很有禮貌的跟導遊商量：「一小時真的不夠，導遊，你可不可以跟司機講說讓我們多待一個小時再回去？」沒想到他居然跩個二五八萬的嗆聲說，「可以啊，那你們自己坐計程車回飯店哦，這邊計程車很貴的，不怕花錢就坐吧！」然後，翻了個白眼，以很翩然的姿態下了車。@__@馬的……偶有點給它氣到渾身發抖……腦子裡只有四個字──嗆‧

我‧者‧死！！！

（來人哪！關門，放狗！）

我像頭獒犬追到導遊面前，齜牙咧嘴（又開始在愛演，這次是一人分飾兩角？^^）怒氣沖天的直視他，「你說的是什麼話？你這是什麼態度啊？你有沒有聽過什麼是民意？不尊重民意還敢叫自己是導遊，拜託！會不會太好笑了，你知道什麼是customer service……」

獒犬小欣整個不是蓋的，霹靂啪啦的鬼吼鬼叫，將罵人這項任務發揮到淋漓盡致，罵人的台詞源源不絕，沒錯！惹火我你就死定了，尤其是不要亂嗆一個單身女子，好唄？因為她很可能是剛離開愛人，還得假裝堅強的母夜叉……

我真的好氣好氣哦，而當我聽到身邊有些老人級的團員在勸，「好了啦，小姐，算了啦！」簡直很想把這些阿公阿媽丟下去餵狗，什麼算了？就是有你們這些人，才會姑息養奸。（好！我承認我是有點失去理智，還是要懂得敬老尊賢，家有一老如有一寶，厚唷……）

行程還剩下兩天，明天就要去葡萄牙了。怎麼樣？欣西亞，你這個瘋女人，還要讓我看見如何不同的你呢？

　　聖誕節的前夕，欣西亞和Shane去看了〔Rocky Balboa洛基6勇者無懼〕的電影。我的媽！超好看！好看好看好看好看——！基哥真的讓欣西亞感動到一個不行。

　　Rocky的至理名言：「不管你被擊倒多少次，都要再站起來，不管對方的拳頭多少次砸在你的臉上、身上、胸膛上，不管有多痛，你都要掙扎著站起來。」

　　如果要把這個比喻成愛情，似乎也是相同的道理。欣西亞和Shane雙雙站在擂台上，就算被他K得遍體鱗傷、鼻血直噴，變成大豬頭，不到最後我就不放棄，我會把握任何一個可以K.O.他的機會，直到他願意臣服我為止……

第三十一回合　來自欣西亞的聲音

2006.08

　　在完成了我和Shane的故事的三十回合，突然很想以自己的聲音來這裡參一角。這一篇不是要和你們說故事，而是和你們聊聊欣西亞的心情。你們願意聽嗎？ 不想浪費時間聽作者在這裡講些有的沒的，就請直接跳到下一回合去吧，畢竟看故事還是比較有趣兼重要的囉！^__^

　　從五月開始以寫書的形式到現在，已經過了整整三個多月了。說實在話，因為是寫書，所以欣西亞在整理故事的過程中變得考慮很多，因為覺得日記的敘述方式太草率簡單，因此希望自己能在寫書時以更完整的結構、更詳細的細節和更流暢的句型為目標呈現給大家，沒想到愈寫字愈多，變得好正式的感覺，很多時候還覺得，這一點都不像我的風格了，天哪！怎麼辦？ㄟ……大家可能會認不出欣西亞來吧？？@__@ 哎哎，真的是很討厭！現在還是初期呢，等我把作品全部完成，欣西亞一定會再自行修訂一次，然後再投搞給出版社看，出版社很可能再校定一次，我想當大家看到這本書的內容時，可能已經經過千迴百轉而和原版的差很多也說不定。

ㄛㄛ──這講到了三個重點：第一是，當欣西亞在打這第三十一回合的內容時，其實整本書是還未完成的，我才剛寫完在西班牙的事，接下來還有泰國，哇咧──有沒有可能寫到五十回合都寫不完哪？這有點恐怖！第二是，這又表示還沒有任何出版社表明意願說要幫欣西亞出這本書，這個寫書和出書的計畫根本是八字還沒一撇吧，我就在這迫不及待的和大家講話，@_@，ㄟㄟ，這更恐怖囉！不過第三是，那當然啦，如果大家還是邊喝飲料邊看著欣西亞的這些廢話連篇時，（還是在大便？）又表示我的日記已經出書了，哦耶耶耶──！那真的是超感動，^_^ 感謝賞識偶的出版社，感謝花錢買書和看書的你，來！偶本人馬上給出版社和親愛的你一個香吻囉！Chu──！XXOO

寫完在西班牙的一切，表示故事也進行到三分之二了。當時欣西亞在西班牙，真的沒想到和Shane居然會有這一天，（他剛才還打手機給我，說，「老婆，我肚子痛痛，我好想你ㄛ」這種塞奈的話。雖然邏輯有點怪，肚子痛和想我有啥關係ㄚ？）從西班牙回台北我還覺得兩個人可能就「唰唰去」了吧，沒消沒息，沒動靜也沒下文，沒想到居然出現了轉折，就像是打籃球，本來快掛了的那一隊突然投出了漂亮的三分球，接著急起直追那樣，Go──！Go──！Go──！別人怎麼防守都沒轍，哈哈！^_^

西班牙之旅對欣西亞和Shane兩人的幫助還沒有很大，但是對欣西亞的影響就是轟轟烈烈的了。自己為了去西班牙欺上瞞下的plan整個計畫，西班牙經歷了Marianna事件的失落感和挫敗感，在馬德里車站轉車、在車廂內變成跳上跳下的忍者龜，出來睡倒在陌生男子懷內，最後還對著導遊大呼小叫，欣西亞做了一連串令自己都傻眼的事，傻眼之餘，當然還有驕傲和成就感，這樣說也許不是很好，可是我肯定自己的價值很多是在喜歡Shane的過程中生成的，我不斷地挑戰自己的能力和極限（寫到這裡，突然想到蔡依林^^），為的就是和Shane在一起，我必須從一個小女生變成攻擊力十足的「賽亞人」，因為愛讓我無從選擇。

　　以戰略作分析，欣西亞認為，天下沒有攻不下的城。只是方法要用對，本身也得有精良的戰鬥力才行。方法用對了，就要有耐心，有了耐心就要等待對的時機，當天時、地利、人和三者準確了，就要不留餘地給對方致命的一擊，別問欣西亞你能不能做得到，答案你得自己去尋找，最後，祝大家的戀情都成功ㄛ！

　　這次2006年的聖誕節就在Rocky的陪伴下度過，欣西亞跟Shane把Rocky I

到Rocky IV看完了，精采的內容讓兩個人心情都很激昂，欣西亞更是偷偷飆了

幾次淚，哈哈！

　　昨晚我和Shane把手機的ring tone改成Rocky的主題曲，兩個人都很期待

聽到手機的鈴聲，殘念的是，欣西亞今天居然出門忘了帶手機，而Shane為了

要不停的聽到Rocky，教我一直在公司打電話給他……@__@

　　我們家的Shane，真的是愈來愈三八了！

第三十二回合 我對愛情的信念

2001.08

這是欣西亞從西班牙回到台灣的第一個晚上，時間很晚很晚了，身體很累很累了，可是我一直遲遲沒睡。我不敢入睡，因為害怕……這是個什麼樣的感覺呢？也許它就叫做失落吧，結束旅途的失落，重回現實的失落，害怕原本在他心裡喚醒的濃情蜜意又將悄然淡去，然後了無痕跡的失落。我不願意睡去，因為害怕一睡去，我們之間的真實便會在一夕間被時空或距離無情的抹殺。

電風扇在沒有他的空間內轉呀轉，已經凌晨三點了，我全身無力的癱軟在自己床上，盯著牆角發呆。

我不敢想接下來又會怎樣。愛情在很多時候叫人連期待的勇氣都沒有，更何況我所有的勇氣在這趟西班牙之旅已消耗殆盡，明細如下：

★ 決定去西班牙見一個自己只在舊金山認識兩個多禮拜、而且還因此茶飯不思的白人 ………… 勇氣消耗 **30%**

★ 開始著手計畫西班牙之行，欺瞞父母，每天戰戰兢兢就怕被明察秋毫的包青天爸爸逮到 ………… 勇氣消耗 **20%**

★ 那天他說要去和Marianna線上聊天，我震驚外加屈辱
  .... 勇氣消耗 **50%**

★ 火車白痴 （也就是欣西亞本人）隻身在沒人願意說英文
  的馬德里車站分不清東南西北的轉火車…… 勇氣消耗 **15%**

★ 奮力的變身成忍者龜從高大俊美的F4身邊逃脫
  .... 勇氣消耗 **20%**

★ 一個人睡飯店精美雙人套房 .... 勇氣消耗 **10%**
                          （其實，欣西亞還滿怕鬼的……）

★ 對著導遊先生像個肖查某般咆哮 ………… 勇氣消耗 **10%**

　　加加減減發現，ㄟ……等一下，已經變成負數了耶！

                          @＿@

　　那呈現負數的勇氣恐怕還要一段時間才能補得回來，怪
不得欣西亞要癱軟在床上，什麼都不敢想、什麼都不敢期
待了，這陣子可能還要請家人講話小聲點，叫朋友不要有事
沒事就拍欣西亞肩膀打招呼，偶擔心一點風吹草動就會把
這沒膽的自己嚇得魂飛魄散。@＿@（是滴，就是要這麼誇
張。）

　　我不清楚自己是在什麼時候睡著的，迷濛間突然被耳邊
微弱的聲音喚醒，原來是我翻身不小心壓到床上的隨身聽，

從耳機裡傳來蕭亞軒的「明天」這首歌。在半夢半醒間聽到一首自己熟悉的音樂是種神奇的感覺，尤其當我在毫無防備之下，它傳遞的旋律從耳朵不經意的通到大腦那最感性的區塊，不論原本的歌詞原意為何，在那一刻它轉化成一個我所欠缺的東西、喚醒我無論身處何境都該擁有的一種信念，那便是希望。

當和愛情正式面對面之前，我總是懷抱希望的，希望能夠邁近一段自己想要的愛情、一段值得我去努力的兩人關係。對於我和Shane的明天，雖然到目前為止什麼都看不見，但我仍舊不想放棄，既然是如此，那我就更應該懷抱希望才行。我並不奢求自己的付出一定要有開花結果的一天，但也請讓我抱持著「因為喜歡一個人，因為想要和他更加靠近，所以每一天都充滿了幸福」的希望和喜悅。「我很傻嗎？」我也想問自己。

那一覺睡得很長很長。當我再度睜開雙眼時，已經是下午三點半了。整整十二小時的睡眠，我想應該是因為在旅途中太勞累所致吧，可不是嗎？在西班牙經歷了那麼多令人意想不到的事情和心情起伏，我想那真的會叫人疲憊吧。不過，疲勞歸疲勞，在一夜的充電完畢，該繼續的還是得繼續，因為這是我認真決定的事情，我會用自己的方式把它做好的。

Chapter 3 兩條平行線 我要我們在一起

「放長線，釣大魚」的道理我們都懂，
但沒必要為了大魚整死漁夫自己，
大魚畢竟是畜生，
牠做傻事我們不能跟著他一起笨。
於是在那一天
苦情女小欣欣終於領略出其中的道理，
我很豪氣的扔出死守的魚竿，
對這大魚放聲大喊：
「你去死吧你，不上勾？
老娘也不會餓死！」

　　從巴塞隆納回到台灣已經好一陣子了，欣西亞和Shane又再度變成兩條平行線，這全在我的預料之中，而他，也真的沒讓我失望，有一封沒一封、愛回不回的email，總讓我等上十天半個月。有一句英文是這樣說的，「out of sight, out of mind」，跟中文「眼不見為淨」有異曲同工之妙，意思大概是「看不見就不留戀」，果真是英文成語，將Shane這白人的行為形容得恰到好處。但如果要欣西亞寫個中文成語送給他，我也不會吝嗇，會大方給個「豬狗不如」這類難聽的話，別說欣西亞怎麼這麼沒運動家精神，輸了便口出惡言，ㄟㄟ──人的忍耐是有限度的，你必須在喜歡的人面前裝得everything is fine的輕鬆樣，私底下在朋友面前就別跟他客氣，要怎麼罵隨便你，談戀愛的過程當中，適當的發洩也是很重要滴！（如果要送自己一句中文成語，「吃不到葡萄說葡萄酸」也算是最佳寫照啦！）＾＿＾

　　Shane可以為了Marianna，大老遠跑去MSN聊天，這種「撒比斯」欣西亞就沒有。反正我也不大在意了，巴塞隆納之行給了我無比的信心和勇氣，我都可以追他追到西班牙，還有什麼是我做不到？無論他在天涯海角，我如果要跟，我

就跟定了，我如果要愛，我就愛定了。他說不，也沒辦法阻止我，除非他失去我對他的愛，那我會狠狠把他甩開，用迅雷不及掩耳的速度。是我選擇要愛的，如果有一天，我選擇不愛，那也是我的決定。男人，你無從干涉或多說一句。

欣西亞開始每天一封email的寫給他，就像日記一樣，內容有發生在我身旁的事、我對某件事的想法以及我的夢想，有時候我寫一些英文詩詞，有時候我畫漫畫，目的就是任性的要他了解我、更知道我，還有，習慣我的存在……我告訴Shane，他可以選擇看或不看，反正不管怎麼樣，我會這樣一直一直寫下去，寫到我再也不愛他為止。這種看來既瘋狂又任性的舉動持續了近三個月，Shane偶爾會回我email告訴他的近況，我們在email裡聊天說地，不再談彼此間的感情。這過程之中我感到自滿，我喜歡看他的文字，我願意多花些時間認識他，我真的覺得如果不能得到他的歡心，當他的普通朋友也可以，我天真的以為我做得到，就如同我能不顧他的想法而這樣每天不斷寫著email，或許，從一開始，我就沒想過要抽手。直到那一天……

那一天Shane在他的信裡面告訴我，離開西班牙後，他要回舊金山（Shane家住LA）待一陣子，那期間他會暫住在前女友Maria家裡，我看了以後，感覺如夢初醒。他可以在我面前完全無視我的感覺，告訴我另一個女人的事，雖然是前女友，她既然會大方把房子讓出來和他一起同住，這不也

表示Maria還有可能在等他回頭嗎？欣西亞會這樣推測不是沒有原因，這男人，曾經頗自豪的告訴我，他和女人分手絕不會把事情鬧僵，大家都還會是保持連絡的朋友，他是那麼擅於將蛋放在不同的籃子裡，去哪裡就靠哪裡的女人，仔細想，他可以利用的資源還真多，欣西亞居然還打算等他來台灣一定會好好招待他玩，太傻了！~~>__<~~我怎麼這麼笨，怎麼這麼笨？？？？

也許，當他在舊金山告訴我兩人因為距離而沒有未來的晚上，我就該放棄的，也許，當他在西班牙願意拋下我去和Marian聊MSN時，我就該想通的，他那樣明示暗示我都選擇自欺欺人，最後他搬出「和前女友住在一起」的字眼，就好像在譏笑我的自作多情，好久以前就不應該再等他的，為什麼還要執迷不悟？醒醒吧！！！欣西亞，你做得夠多了，真的，該是放手的時候了。

要愛一個人，需要勇氣，要放棄一個人，又何嘗容易？欣西亞決定當他生命裡，第一個甩他的女人，我要破除每個愛你的女人，都甘願浪費時間當你紅粉知己的神話。從那一封email開始，我再也沒給他隻字片語，音訊全無，以迅速蒸發的方式，斷了和他的僅有連繫。我在回頭的時候還是為自己保留住一個女人應有的自尊。你問我會不會捨不得？會不會不捨？會不會難過？答案是肯定的，但是，我對自己有信心，我知道過了許多年後，當我還是想愛他的時候，我會再度啟程去找他，到世界的每一個角落……

當我愛你的時候.
我会对你一直傾訴.
不斷地…
不斷地…

但是.當我不再愛你的時候
我会毅然離去
而且不再回頭…

讓愛照著你的劇本落幕

第三十四回合

2001.10

一直以來，欣西亞心裡比誰都清楚我和Shane的關係為何。這段我所謂的「關係」，事實上不是我們兩個人的，它，只屬於我。因為它只有我單獨在維繫著，如果我放手，那麼這段關係便會灰飛煙滅，會感到惋惜的，是我，會因此而心痛的，也會是我。終於，我選擇結束，那是種既苦悶又無奈的感覺，難過在胸口蔓延，痛苦幾乎叫人窒息，喉嚨像被堵住一般，我說不出話來，我也不許自己哭叫出來。

讓愛照著我的劇本落幕吧！這樣起碼對自己、也對這段不知要何去何從的關係有個交代。我厭倦等候他回email的每個日子，我討厭當我試著撥打國際電話給他時，一聲聲無人接聽的鈴響一而再、再而三地敲擊我的胸膛，我不願再讓自己著了魔的猜想今天的他做了些什麼、見了哪個女朋友，我不要習慣自尊漸漸被他蠶食鯨吞卻不自覺，我不要讓自己沉淪在誤以為有未來的幻夢當中，我更不要再做他的應聲蟲，假裝很明理的接納他每個決定、尊重他的被動，就連「我們在一起」這件事，我也在等他的一個Yes，像是要得到他的批准，我才能獲得我想要的幸福，為什麼要這樣子？

關於我們，我不是無能為力的，我有權利為自己做些什麼，我也有權利為這段他不在乎的關係決定一個結局。如果說我想要自由，那就停止作繭自縛，就是那麼簡單而已。

欣西亞不是一個在愛裡擅長耍狠的女人，但如果必須拯救我墮落的靈魂，就算不願意我也會強迫自己。我可以為愛丟一次臉、失去一兩次自尊，那無所謂，但我知道女人不可以沒有自我，不可以沒有底線地犧牲奉獻，還沒在一起就讓人看扁了，那真的在一起還得了，我可不要一個無法相互抗衡、不受尊重的兩性關係。時候到了，就該狠下心走人，不要回頭，不要留戀。對於Shane，我已經厭倦漫長的等待和他若有似無的輕率，我該學會懂得看重自己，我也該學會承認，承認愛情不是一味付出就會自然水到渠成。

也許我很狡猾，因為我知道我在轉身時還是帶著試探的成分離去，我當然在試探他的反應。我告訴自己，如果他有心，他會想盡辦法找我的，如果他就這樣不痛不癢的由我去，那我得要恭喜自己做了對的決定。對於一個不在乎我去留的他，這種男人，不要也罷！沒有第二句話、沒有可是不可是的。

第三十五回合 你要**轉**過身來，
才能把我看清楚

2001.10

　　停止寫email 給他。 我捂住了口，停止傾訴、停止我想對他說的思念。出乎我的意料，不到一個禮拜，他就急得像熱鍋上的螞蟻一樣，瘋狂的找我 ⋯⋯

　　我曾經想過，如果有一天我死了，他是無從得知的，因為他沒有我在台北的電話，他不認識我任何朋友，他只能用email知道我的消息，如果有一天我就這麼消失在這個世界上，那麼，我就會像空氣一樣，消失在他電腦的框框裡，無聲無息。後來我交代我的好朋友，如果有一天我怎麼了，千萬要寫email告訴他。我想，一直以來，我愛他的方式，就是讓他知道我在哪裡、在做什麼、在看什麼樣的風景，死了，也會告訴他，我葬在哪個地方。

　　他的email不斷的出現在我hotmail信箱，剛開始是兩、三天一封，後來一天一封不斷問我發生什麼事，我鐵了心，看了內容就是不回隻字片語，我很清楚自己的決定，我說我不想再這樣下去了，我說我不想要你了，我不要再回去那個不能占上風的地位和關係。 這樣做，心裡對他的感情卻一直在掙扎，看著他的文字，多少可以感受他在另一端的擔

心和牽掛，我感到不忍，我對他的留戀試著說服我回到他身邊，告訴他我沒事、我很好、我只是一時想不開罷了，可是我不准，不准自己再軟弱，於是到最後狠狠地看也不看直接殺了他的信件，免得自己動搖。

最後一封email是一張e-card，我感到好奇，不疑有他的開了卡片，在裡面他問我到底跑到哪去了，他很想念我，我則坐在電腦桌前哭了起來，理智隨著掉落的淚水漸漸崩潰。要放棄掙扎嗎？可是我不想輸給他，我不可以輸給他。

早上才看了他的卡片，下午就接到他氣急敗壞的罵人信：「欣西亞，我知道你還活著，因為當你去開卡片的時候，我會在我的信箱內收到通知，我真的好生氣，欣西亞，你真的把我惹毛了！你明明會check我的email為什麼不回信？你知不知道我好擔心，好害怕你出了什麼事？天哪──！我真的真的好擔心……，為什麼不理我？為什麼不回我的信呢？朋友不是這樣子的，你知道我有多在乎你？既然你還活著，請你至少對我說句話吧！如果你再不回信，我保證我再也再也不會來煩你了，我會帶著我的氣憤離去……Shane」

感受著他字裡行間的憤怒，我看完，傻了，也無言了……你怎麼可以對我發脾氣呢？你有什麼資格、什麼權利對我生氣？你怎麼可以這樣？難道我不被允許收回我對你的愛嗎？這麼多日子以來，我每天每日在等候著你的回音，你

沒想過我的感覺又是如何，如果你受不了我憑空消失在你的生活裡，那麼，請你給我一個值得留下來的理由，你給得出來嗎？

　　腦袋中蹦出好多問號和不滿，我決定把話給說清楚，我不要對我的愛不負責任。我告訴他我受夠了這種你丟我撿的遊戲，我告訴他我再也不想浪費我的時間和自尊，我受夠他總是模稜兩可的態度，我決定從他身邊離開，不願在他身後永遠亦步亦趨地跟著。

　　「Shane，我討厭跟在你身後總是看著你的背影，你得轉過身來看著我，才能把我看清楚……Cynthia」

懂得放下，你可以得到更多！

2000.02

　　對一個我愛的人，欣西亞擅長盡全力。我擅長盡全力去愛，盡全力去大喊「我喜歡你」！為了愛變得行動力超強，為了愛變得勇敢無比，雖然有時候搞到遍體鱗傷也在所不惜，反正傷口會復原，對一個人心動卻是很珍貴的事，我喜歡Shane，我更愛從喜歡他中領悟出的道理，那就是，就算怎麼擅長盡全力，愛人，也是要有限度的！

　　「人間蒸發」的遊戲過後，我有了和他面對面的機會，他正視我，用從來沒有看過我的眼光……

　　別說男人都是犯賤的動物，人性不就是如此？送上門來的不知珍惜，太輕易到手的就不會爭取。欣西亞之前給了男人這些錯覺，是我的不對，但如果我不先把身段壓低，到後來又如何叫Shane不設防的讓我攻進他心裡？愛情，是諜對諜，愛情，講究策略，身為女人的我們，時時刻刻千萬要知道自己的所做所為，思路明白，腦筋清楚，最後才能令愛情臣服在我們腳下。

　　不過話又說回來了，我的愛情不是欣西亞設下天羅地網的成果，我耍心機火候還不到末卜先知的地步，愛情其實很簡單，當你盡全力追求卻不能如願以償時，那就表示收手

的時候到了，我們必須停止所有舉動，然後靜觀其變，他不死命的追來，我們就不回頭。而當我抽手的時候，我是認真的，就算有多麼愛你，但我更愛我自己。

「放長線，釣大魚」的道理我們都懂，但沒必要為了大魚整死漁夫自己，大魚畢竟是畜生，牠做傻事我們不能跟著他一起笨。於是在那一天苦情女小欣欣終於領略出其中的道理，我很豪氣的扔出死守的魚竿，對這大魚放聲大喊：「你去死吧你，不上勾？老娘也不會餓死！I don't want you any more！」事情發生之前，Shane從來就不知道失去是什麼滋味，沒有我的消息那幾天，他確實慌了，他確實不知所措了，他不知道原來他會這樣心急如焚，我給他這個機會讓他好好看清他的心，我在他心裡的分量有多少？

欣西亞不敢說「人間蒸發」的威力可以立竿見影，因為Shane並沒有哭著叫我馬上和他在一起、當他的女朋友，而到後來當他有機會來到我身邊時，他又遲疑而選擇逃避。但事情就是這麼難以預料，我知道如果那天我不做離開的動作，他不會重視我的存在，我們到後來也不會在一起，當有朋友問我們戀愛守則時，Shane 會跟她說：「你去問欣西亞，因為她的方法很有效。」而我會以自己的親身經歷告訴你：「懂得放下，你可以得到更多！」

背後的道理是，當你懂得愛護自己時，別人才願意去愛你，而這是女人深陷在愛情泥沼中，最容易犯的錯！

　　欣西亞自認是一個不會去說服別人的人，因為驕傲，所以不願去冒被任何一個人說No的風險，我就是個這麼愛面子的女生。問題是，面子不能當飯吃，在愛情面前，任誰都要低頭的，尤其當你真正在意一個人的時候，ㄍㄧㄣ沒辦法幫你解決問題，放不下的自尊和身段，沒辦法為你得到你想要的東西。所以在他面前，我可以丟臉，我可以委屈，當機會來臨時，我願意鼓起勇氣去爭取，免得到結果出來後悔莫及，留我一個人搥胸頓足，怪自己當初不懂得努力。

　　我們又恢復了聯繫。某一天，Shane跟我提及說他想要學中文，正在考慮該去中國還是台灣。機會來了！聽完那句話的第二天，欣西亞火速收集了在台北師範大學中文的資料，如同在為一場辯論賽做準備，我花了很多時間了解在兩地學中文的利與弊，並且將他們一再比對和歸納，十分仔細的去蕪存菁，我的最高指導原則是，不管怎麼樣，反正結論都一定要台灣贏！就算空口無憑說大話，或恐嚇Shane到大陸會怎樣被共產主義打壓，anyway，我打算盡全力說服他來台灣，任何一個可以說動他的機會，我都不願意錯

過，任何一個可以讓他對大陸產生反感的話題，我都要造謠。然而，這一點都不像我，因為我是個如此矜持的少女（羞），但少女沒有選擇的餘地，我只知道，在他做出決定之前，我要把握時機。

　　一切準備就緒。欣西亞開始鉅細靡遺分析給Shane聽。先從大環境來說，台北交通方便，到處都可去，要去師大搭捷運就可以，非常方便，而且它們有完整的教學系統和教材，很多外國人也選擇這裡，Shane比較找得到同伴練習兼研究功課。再來，台灣都使用繁體字，可以體會中國人造字之美，發音也較自然，不像大陸太多捲舌音怪腔怪調，而且台灣小吃多元化，也有很多道地的美式餐廳，他不用擔心有吃不習慣的問題，如果要吃素，台灣一籮筐素食餐廳等著他，而大陸不但有很多黑心食品，某些地方還風行挖猴腦、吃雞仔蛋、冬令進補吃狗肉，民情文化都比較不適合他，最後，欣西亞提出了一個強而有力的論點，就是……在台灣有個很可愛的女生在等他，而她願意全心全意幫忙他、照顧他，讓他可以安心的學中文……（沒錯！那少女就是在下我！^_^）email寫到這裡，我的臉頰是燙的，胸口有些羞愧難當，要當個厚臉皮的女生可真不容易，但是，我還是走過來了，現在開始，欣西亞是個放蕩的女人，哈哈哈哈哈──！

大家可以看到我真真切切地「動之以情、說之以理」，三寸不爛之舌的唬爛功夫到家，字字句句苦口婆心，貼近真理心有餘而力不足，老實說，我才不care在台北學中文是不是真的比在北京好，反正講得天花亂墜，口水亂噴，竭盡所能抹黑大陸，目的就是把他騙過來，我當然要不擇手段、無所不用其極，最毒婦人心不用在此時更待何時？

　　然而Shane最後還是選擇了北京，他只淡淡的給我一句話：「因為我覺得我們的timing還沒到……」（馬的，放屁！你根本就想去蹲人民公社，然後被紅小兵公幹到死！！！）

　　世界上真的有時機的存在嗎？請告訴我。有些人的命運是一直在錯過，有些人則是永遠在等待一個對的時機，但這些在我看來都是藉口，沒有誰一定非得要錯過彼此，生命裡沒有所謂對的時機，它只有當下，而我也只選擇當下，因為我比那些害怕失敗的人來得堅強。

Shane即將去北京了。他終究還是從我身邊逃離，捨棄在台灣深愛著他的我，選擇了我們都不熟悉的中國大陸。我不怪他，我也不怨，如果這是他的選擇，如果這是他的決定，如果對於我們的關係，他還沒有準備好，那麼，來不來台灣都一樣，又如果他注定要愛我，無論在天涯海角，他的人都會是我的。

Shane Rendelman，我和你的心展開拉鋸戰，你深鎖的心門感覺到什麼了不是嗎？我要如何敲開你的心扉呢？你是那麼頑固又自私，明明已經動了心，卻硬是要把我推得遠遠的，殊不知你正在試圖閃躲兩人的幸福，可是我不害怕，我也不會再投降，我會為了我們一直堅持下去，不管再怎樣糟糕的情況，我永遠都有勝券在握的可能，只因為，我是我，你是你，我們的愛情是屬於彼此的。

他赴北京的前一天晚上，我們通了電話，欣西亞語重心長的告訴他：「Shane，明天你就要去北京了，不管怎麼樣我都希望你快樂，如果你把我當成你朋友的話，那就聽我這一次，我不是為了自己而說的，所以這一刻請你忘記我是

欣西亞，而把我當成一個很關心、很在乎你的朋友，好嗎？
Shane，我想告訴你的是，不要太固執，人生不是按照計畫
就會幸福美滿，因為它藏有太多的驚喜和奇遇，你得放手擁
抱路上的陌生人或風景，才會發現美好的人生是由很多珍貴
的當下累積出來的。如果在北京或在未來的某一天，你遇見
了一個讓你很心動的女孩，答應我你不會對她輕言放棄，因
為你太理性，你只照著自己的步伐前進，而去追求自認為很
重要的事，但你很可能因此而失去更寶貴的東西而不自覺，
因為人生，很多事情是可遇而不可求的，錯過了一次，它不
會有第二次……」

透過話筒，我一字一句的將想說的全部傳達給他，我不
確定他是否聽得懂我說的，因為他在那一頭沉默了好久好
久，我只能聽得見他沉重的呼吸聲，最後，他出聲了……

「Cynthia......」

「嗯……？」

「Cynthia......我只想好好念你的名字，Cynthia......Cynt
hia......Cynthia......」

這是他在LA最後一個晚上和我的對話。

我愛的這個外國人，在這一刻，一聲聲重複呼喚著我的
名，然而，明天日出後，隨著他踏上中國大陸的國土，我們
的故事會不會又不一樣？

雖然我多希望他放手緊緊擁抱住的是我，雖然我多希望自己是打亂他計畫、讓他不再理性的女人，但畢竟故事還沒說完，它隨著時間的流逝在對活著或是執著的人們傾訴著，它是未完待續的謎，它是迷人陶醉的謎……。

Shane在美國只吃IN & OUT的漢堡，IN & OUT的漢堡全部是現做的，超級新鮮，而且還有賣素的漢堡，也就是只夾起士片和蔬菜，那是Shane的最愛！不過他更愛台灣的摩斯漢堡，每次回台灣一定要去吃個兩三次才開心。欣西亞其實也很喜歡摩斯漢堡啦，可惜它的價格有點貴，我最喜歡的還是麥當勞的蛋堡，哇——！真的是好吃又便宜，美國的麥當勞是不賣蛋堡的，所以欣西亞最近在學著做，誰可以告訴我蛋堡裡面到底有什麼材料呢？

不是出軌，可是還是騙了

2002.03

Shane到了北京之後，我和他的距離又更近了，僅僅隔著台灣海峽，我每天可以無時差的想著他，光是想著早上他是否正準備上班去，到了中午要吃什麼，這些點點滴滴的想念就叫人興奮不已。這種傻氣的想念總讓我覺得他人其實就在台北城裡，哪裡都沒去。

我和他也終於可以沒有時空阻隔似的上網聊天，我們聊的話題很多也很隨興，很有當時在舊金山的氛圍──美好又曖昧。我還記得一年多前在巴塞隆納，他因為要和Marianna聊MSN而傷心落淚的事，現在我不也一樣和他能約在網上說話見面？這種幸福，更讓我傻氣的以為他終於把我當成像Marianna那樣「重要」的女人看待，殊不知，當初就算他約了Marianna在網上聊天，他晚上擁抱的是我的身體，嘴上親吻的是我的唇，原因無他，只因為遠水救不了近火，而我，正巧在他身邊罷了……

我們每天睡前都會約時間講話。直到有一天，他告訴我這個周末他沒辦法上網，因為要和朋友出城外待個兩天一夜。我沒多想，禮拜天在他回北京之前還特地撥了電話，想

告訴他我多麼想他，他沒接手機，鈴響嘟了幾聲便轉進語音信箱，「他，會不會是跟女孩子出去了？」我腦中突然蹦出一個不知從哪來的念頭，這念頭，叫做預感，因為預感是發生在未來的事。

果不其然，晚上在線上和他還沒聊到幾句，「我有一件事要告訴你……」出現在他的對話框，接下來映入眼簾的那串文字，用迅雷不及掩耳的速度，再一次傷了我的心。「是他傷了我，還是我縱容自己執迷不悟的受傷害？」我腦子一片空白，指尖在顫抖，而心臟幾乎就要跳出發燙的胸膛。我坐在位子上，像缺氧般大口大口的喘著氣。就算反應波濤洶湧，我還是強裝平靜地問他，「那個女人是誰？」Shane回答說是在網路上認識的，兩個人偶爾會約出去玩，她和我同年紀，這次她出差，所以約他同行，那個女生的名字，叫做Ava，他和她在公司訂的旅館房間裡共度了一整夜。我接著問他，「玩得開不開心？」簡直是異於常人的冷靜，好在是隔著電腦螢幕說話，他看不見我淚流成河的樣子，我勉強撐起搖搖欲墜的身體，冷默又毫不帶點情感的文字是我的武器，我接著問他，「你告訴我這些幹嘛，這關我的事嗎？」

他急了，覺得我瘋了，他問我怎麼能有這種反應，這不像他認識的欣西亞，或者說，這不像是個愛著他的女人。我沒回話，遊戲愈來愈有趣，我用我的冷峻在電腦另一端挑釁他，我倒要看看他急得跳腳的模樣。我問他既然當初都決定

要對我撒謊了，為何現在又說實話？他說因為剛開始覺得沒必要說真話，反正兩個人又不是男女朋友，可是誰知道他逃不開內心的罪惡感，兩天來想的都是我們的事。

　　欣西亞總覺得，男人對另一半吐實，只是自私的作法。我不覺得Shane那時真正覺得自己做錯事情，因為我們不是男女朋友，他從來就沒給我任何承諾，說實在的，他愛怎樣就怎樣，我實在無權過問、無權不開心，也無權發脾氣……。可是我的心好痛好痛，我討厭他和她之間發生的事，我討厭他們獨處的那一個晚上，我更討厭他懦弱的對我撒謊。自私的男人啊！對我撒謊的目的是什麼呢？只是想留下我對他的愛，而不願我離開他而已，我也討厭他到最後又選擇吐實，自私的男人啊！這又是為什麼呢？只不過是逃不過良心的譴責罷了，我不會因為你說實話而感覺開心，因為你只想讓自己好過罷了，你選擇說出來，全部都是為讓自己好過，多麼自私？

　　所以女人說：「我絕對不會原諒你這種自私的行為，Shane，我絕對不會原諒你，你等著看好了。」

第四十回合　性，復仇，只是因為我愛你

2002.03

當欣西亞還是處女之身時，就把第一次看得很淡……

欣西亞不會憧憬和自己深愛深愛的人發生第一次，因為我覺得如果那個我深愛的人並不在意我的感受，還把奪走我初體驗的事蹟和別人炫耀，成何體統？像話嗎？又不是在考狀元，讓一個處女變成女人又怎樣？可是男人就是覺得這種事很了——不——起——！覺得這個女生一定很喜歡他才會付出那麼重要的事。恐怖的是，還覺得自己超屌，讓處女獻身ㄟ！有沒有搞錯？誰說要喜歡才能給出初體驗呢？

這種事，對於其他女生可能還行得通，可是用在欣西亞身上不奏效，我的憧憬是和喜歡的男人在床上相抗衡，實力相當，這才是欣西亞崇高的理想。第一次？ 去去去——！這是我的身體，我要怎麼「處理」是我的事。 當欣西亞決定要say bye bye to my virginity，那時候其實我和Shane再一個禮拜就要雙雙飛去泰國見面了，在泰國一定一定要得到他的人，他的心，還有他的身體，所以，欣欣當然要在那之前蛻變成真正成熟的女人，處女膜是我的牽絆，想像著激情的夜晚後還要處理染血的白床單，噁——扣分！扣分！

另外一個主要原因就是報復，我要報復他上次Ava的事

欺騙我。想想看，欣西亞在舊金山把初吻給了他，他當然期待，而且當然也覺得我會理所當然的把我的處女膜交給他。（神經病！又不是在玩收集處女膜的遊戲！）@＿@ 想得美──！尤其是，我是真的愛著他，有的時候發自內心的愛一個人反而會想更保護自己不受傷害而做出幼稚傻瓜的行為，我想，當時的我，就是這樣的心情吧……於是欣西亞的初體驗就和我當時在台北交往的老外朋友發生了，你問我有什麼感覺？ ↖……沒有耶，真的！什麼感覺也沒有，因為他好像太興奮了，所以來得快去得也快。老外朋友對自己表現不佳覺得頗抱歉，還請我再給他一次機會，欣西亞笑笑拍拍他的肩說，「不必了，下次吧。」然後開開心心的跳下床，太好了！我終於準備好要去泰國了！過了兩天和他在Yahoo上聊天，他問我最近做了些什麼，欣西亞輕描淡寫卻又有些得意的告訴他，「我啊，不是處女囉！」他的震驚和訝異可想而知，對話框半晌說不出話來，沉默的那些分分秒秒幾乎要喚醒我該死的罪惡感，他問我為什麼不等他？我只是很沉著的說，「因為怕把床單弄髒，會很糗」之類的鳥話。其實心裡不停重複的是，「因為我想處罰你，我要贏過你，我要證明我可以比你強。」

　　你的心痛和難過我在電腦這一端感覺得到，寶貝。可是我不後悔，因為我的復仇計畫奏效，因為我是深愛著你的，我也許更愛我自己，也許我自私，更也許，我只是不願再受傷害的膽小鬼……

Shane那時在北京認識的女生不少，他有左右護法——Lena & Winnie。Lena 和Winnie年紀大概20出頭，兩個女生是好朋友，而且都對Shane很好，每次都會帶他去買東西或逛街，Shane常說他很幸運能有她們兩個「正常」而不是搞曖昧的朋友，他把她們當妹妹看，而她們也把他當哥哥。最近Lena傳來email讓Shane看她新男朋友的照片，欣西亞一看，哇賽！不得了！長得跟Shane超像的，而且他現在也在北京教英文。Shane自己看了也說，我的天哪！最後她找了一個跟我同樣type的男人，真的很有意思。「ㄟ——！他真的還滿帥的耶，北鼻，根本就是個年輕時候的你，厚——！好優！」欣西亞大叫，結果當然被Shane白了一眼，「什麼話，他還是個小毛頭，我這種成熟男人才有價值，OK？」

瞞天過海泰國行

2002.08

　　欣西亞要和Shane在泰國見面了。 哇──！想不到啊，從2000年在舊金山到2001年的巴塞隆納，然後是2002年的泰國，我們的足跡慢慢的散佈到世界的各個角落，然而這一次不再是欣西亞形單影隻的去找他，而是兩個人因為思念對方達成共識前往同個目的地，怎不叫人興奮又緊張？在出發之前，欣西亞又再次遭遇當年去西班牙的難題，就是偶的老杯老母…… @＿@

　　經過上次的演練，欣西亞騙人也不再是生手，但因為這次是要和Shane去泰國自助旅行12天，少了旅行社當靠山和現成的資源可撿，因此難度上升，那時台灣正上演電影《瞞天過海》（Ocean's Eleven），於是我就將自己的大計名為Cynthia's Twelve（還比喬治克魯尼多一個　>○<），沒錯！就為了心愛的人，欣西亞拚了……！！

　　沒有旅行社就沒有行程表，所以欣西亞必須要靠自己的智慧生一個出來。嗯……這行程表要怎麼寫才像專業旅行社做出來的東西，第一步就是要先觀摩，我拿了一些泰國遊覽的行程當參考，然後依樣畫葫蘆，再自己加上許多天花亂墜的形容詞，什麼「泰國頂級古式按摩，讓您從頭到腳全身

舒暢，做完按摩傍晚再帶您體驗華麗VIP人妖秀、神祕秀，絕對精彩讓您大呼過癮，保證玩到讓您值回票價」發揮想像力加油添醋，但也不能掰得不合常理，還是要以泰國的地圖做根據，否則明明是相差南北的地方卻湊在一起，就大大露餡了。於是乎，看起來能夠以假亂真的行程表便出爐，裡面去哪裡要吃什麼全交代得一清二楚，結論只有一個字──perfect！

而我打在表格上的地點和停留天數也儘量按照和Shane的計畫走，為什麼要這麼做呢？因為欣爸爸習慣拿著行程表打電話找欣西亞的行蹤，萬一行程說第四天我應該在芭達雅而人卻在坎查那布里，接電話容易出錯，所以最好不要相差太多，就算人在不同地方也要把行程表內容記熟，否則好奇的爸爸問我玩了什麼卻答得牛頭不對馬嘴，就會惹人猜疑，也許全部都是欣西亞發神經病想太多，但一切還是小心為妙，「如果謊言沒被拆穿就不叫欺騙」，這是我當時悟出來安慰自己的歪理。

最後欣西亞還是托認識的旅行社幫我訂當日有出團到曼谷的機票，以確保我能和他們的旅行團上同班飛機，還要知道帶團導遊的姓名，免得我爸要送我去機場看不到我的旅行團，那就破功了！從行程表到旅行團，還有導遊的名片，全部是從頭假到尾，而我想見他的那份心情，卻是熱切而實在。

要前往泰國的最後一晚，我把寫好的遺書放在抽屜裡。我不害怕觸霉頭，就怕自己遇到什麼意外，然後對家人交代得不清不楚，我想他們應該要知道女兒對愛的執著，對愛的勇敢，雖然很自私，但這也是我對人生負責的態度。

終於抵達曼谷的機場了，好興奮好緊張……

畢竟離上次見面又過了一年，真的不知道他變成什麼樣子了，或者，是不知道我在他眼中的改變，當他再度注視我時，還是會像在舊金山或是巴塞隆納有著相同的眼光嗎？

我穿著Esprit連身的印花紅洋裝，絲綢般的質料在風中更有輕飄飄的感覺，柔軟的包覆著我的身段，成熟嫵媚。從那時候開始，我知道自己已經不是兩年前和他相遇那個青澀又懵懂無知的欣西亞了，我蛻變成能夠和他相抗衡的女人。我了解愛情是場男女追逐的遊戲，處處都得耍盡心機，處處都不能手下留情，要贏！就要 play hard to get，自己送上門來的獵物沒人會有興趣，要得到想要的男人，就得跑給他追，要得到真正的愛情，就得多用用腦筋。

這些道理，可是我兩年前想都沒想到的……

我裝得漫不經心地走向滿是人群的海關大門，嘴裡嚼著口香糖，很不經意、很不專心，這一次我不願在人群中尋找他的身影，我要他自個兒找到我、看到我，從離我有點距離的地方，他可以看見我完整的身影，然後，他就不會再把目

光移開，他會緊盯著我，直到我走到他面前。用極為緩慢的速度逗留在海關旁邊兌換泰銖的地方，明明早就感受到他熱切的眼光，卻還是懶懶散散的換了些零錢，順便和兌換泰銖的男孩投以燦爛的微笑。「我知道你在看我，Shane，你儘管看吧！」印花紅洋裝，他要不注意到我都難哪！

才將臉撇向出海關的大閘門，就看見我的男人在萬頭攢動中猛向我招手。是的，他找到我了，隔著遠遠的距離，他注視我、他驚艷、他險些認不出我來，有點不敢相信這是他兩年前在舊金山相遇的欣西亞，我走向他，微笑著，促狹的表情……

來吧！讓我走向你吧，讓我潛入你的心中……。因為，這是我們愛的開始。

161

第四十三回合 Shane食物中毒

2002.08

跟喜歡的人在一起，做什麼都是幸福。

在房間裡兩人就這樣躺在床上看著彼此雙眼相對著，是滿足的幸福；手牽手去附近的7-11逛，買些叫做「mini burger」漢堡、薯條或比薩造型的水果軟糖，是甜蜜的幸福；拿著旅遊書一起計畫著接下來該往哪走，討論心目中理想的行程，是充實的幸福；就連後來他因為吃了不乾淨的消夜而大病一場，兩人哪都沒去，就靜靜待在房間內看電視，也是種互相依靠的幸福。

是啊！欣西亞真的想不到Shane居然就在旅程中生病了。@＿＿@我們抵達芭達雅的那天晚上已是天黑，等到找著飯店已將近十點，他說肚子餓，我就陪他出去晃了一下，找些東西吃吃。泰國有很多路邊的小吃攤，賣著很多米粉湯或羹麵，熱騰騰的，看起來是挺不錯，但是因為泰國小吃攤都以加「免費好料」出名，像蒼蠅ㄚ、細菌ㄚ，有的沒的，欣西亞都不大敢碰，但Shane倒是很勇敢，他挑了一家「看起來很乾淨」的小攤子，點了條cat fish，便馬上大吃大喝起來。那cat fish，光是名字欣西亞就感覺詭異，「貓魚」？

那是貓還是魚？鬼才曉得！雖然是放在下面有小火爐加熱的銅盤上，滋滋滋的被端上桌，場面很熱鬧，但是看見魚嘴巴開開，兩眼發白的躺在那，長相也頗奇特，想嘗看看還須鼓起勇氣，欣西亞在Shane的慫恿下吃了幾口，嗯——是還不錯，不過興趣仍舊不大，尤其他吃得飛快，沒多久整條魚就變成一堆白骨，哪裡有我慢慢享用的分哪！

隔天早上，欣西亞9點多就起床了，看他還在睡就沒有吵醒他，一個人靜靜在看雜誌。到了11點，他醒來說肚子不舒服，整個人很痛苦，所以一個晚上都沒睡好，我看他臉色發白，又抱著肚子，就叫他去廁所蹲馬桶，看能不能拉出東西來，Shane呻吟著說，「我……不要啦，因為……會臭……」然後很害羞的看著我，把整個頭埋進棉被裡，我大笑兩聲，覺得他真可愛，都痛成這樣了，還ㄍㄧㄣ咧？他為了維持形象，說不上就是不上，後來才要我去7-11買果汁，還交代好說要純品康納的葡萄汁，然後選純正的，不要加太多糖的那種。當欣西亞提著一大袋的東西回來時，Shane看起來已經「輕鬆」很多，他邊喝葡萄汁邊跟我報告，「我剛剛趁你出去的時候，衝——到廁所上吐下瀉，幾乎是吐出整條魚耶！」眼神中閃爍著絲絲「我戰勝病魔了」的驕傲，像個小孩子般的笑容，這是欣西亞從來沒看過的。

那一整天我和Shane就一直待在房間裡，我照顧他，幫他再買些礦泉水和果汁儲存起來，免得他沒得喝。他醒著的

時候，我們一起窩在床上看Discovery頻道，研究海豚的生態，他跟我說他喜歡海豚，因為牠們很聰明也很漂亮。（果然是個小孩子耶，腦袋瓜都變簡單了，哈！）他睡覺時，我坐在地板上看他熟睡的臉，想著自己一路走來的種種，為了他跌跌撞撞的過程，那一刻起我知道我願意照顧他一輩子，我可以給他幸福，只要他願意把心好好交給我，我一定一定會用全部的所有好好珍惜。那一刻起他讓我不由自主的想像了一個家和兩個人的世界，是的，愚蠢的我，居然在那時，有了想當他新娘的念頭……

和Shane在一起生活以後，欣西亞才知道他有多愛放屁……

（雖然欣西亞自己也是啦，哈哈哈！）

人就是醬子，交往前都想給對方好印象，不要說屁會憋著忍住不放，連吃飯啃個KFC都會優雅的跟什麼一樣。現在咧？我在廁所化妝吹頭髮，Shane 就在旁邊蹲他的馬桶，然後兩個人還邊聊天聊得嘻嘻哈哈。哎……這就是婚前和婚後的不同啦，各位……^^

他皮夾裡的相片不是我的

2002.08

和Shane在泰國的每一天是熱情的,是令人喜悅和滿足的。我們肩並肩走在曼谷著名的卡桑路,逛遍大小夜市,嘗遍嗆辣的泰式美食,我們一同在沙灘上看夕陽,我們擁抱,我們的心靈相互結合,有太多太多美好的晚上,叫人捨不得沉沉睡去。我們讓浪漫灑滿兩個人的軀體,真正的、完全的擁有彼此,我終於在他懷中嘗到性愛的完整,在心靈和肉體都獲得滿足,那是必須和真正所愛的人在一起,才能夠發生的事。我享受他的人、他的愛、他的呵護,早上睜開眼可以看見他的笑容和他為我買回來的早餐,燦爛的陽光照亮房間,讓我誤以為那會是我們的未來,但黑夜終究來臨,劃破了我沉溺而不願醒來的幸福⋯⋯

當我看見他皮夾中那個女人的照片,心臟頓時在胸口絞痛起來,我壓抑住自己顫抖的聲音,我讓語氣聽來平和穩定,「她是誰?」我問。答案揭曉,她,是Ava,是那個和他有肌膚之親的Ava,是他為了她而對我撒謊的Ava,是讓我心碎的Ava⋯⋯ 我望著照片,面對她清晰的臉──Ava有著小小的嘴,上揚的眉,和一雙勾人魂魄的眼,幻想著他們共處的那一夜,腦海中浮現的影像在不聽使喚,快速的翻覆

著……他和她的身體交疊，唇片相印，當他撫摸著她的雙頰時，是不是也像他昨夜對我那樣？那樣溫柔？那樣深情款款？

　　還是一樣幾乎叫人窒息的感覺占滿整個胸口，痛楚隨著體內的血液竄流，然後蔓延，像毒素一樣慢慢滲透到每一寸細胞內，再靜悄悄地試探我的防衛能力。很可笑，明明應該習慣心被拉扯的痛苦感覺的我，還是表現得極不自然，痛苦仍舊占領我的軀體，無情的戲弄著。「若要對心痛兩個字免疫……」有人曾經對我說，「那麼你必須先學會放棄愛人。」承認吧！不管再怎麼強壯的我們，其實在愛的面前都是弱者。

　　「我要去樓下洗衣服了。」顧不得一切，我低頭衝出了房間。窗外月光皎潔，欣西亞坐在樓梯間哭泣，我沒有勇氣再走進有著他的房間，勇氣？還要我鼓起多少次勇氣？或者我問自己，還要我承受多少次傷心？他說照片是Ava給的，要他把照片放皮夾裡，他說他和她真的什麼都沒有，兩個人不是男女朋友，他們之間根本沒什麼。女人，只要愛上了，那個人多麼不值得你都會付出真心、給予信任和一再的原諒，但是，我們都只是在自欺欺人罷了。很多時候我們寧願自欺，建築謊言讓自己活得好過一點，因為建築謊言讓我們有能力再愛，這有什麼不對呢？每個愛人的女人都是勇敢的，也許我們都會在愛人和傷痛下成長得更加堅強。

　　在泰國的最後一天，我和Shane又回到了曼谷，雖然他的人還在我身邊，但我已開始偷偷在心裡頭回憶兩個人的點點滴滴，為什麼呢？我想是因為寂寞吧，或許是即將分開的落寞，令人悶得快要瘋狂，明明這個人還離我這麼近，卻叫我不由自主的想將他狠狠推離，我似乎等不到分離的那一刻……是的！趁著勇氣還沒消失之前，讓我從你的懷中蒸發殆盡吧，至少你的肌膚上還能殘留我的體溫，化作你對我的留戀，然後拉扯著告訴我，叫我不要走……

　　感情和理智永遠是分開的，還好我夠堅強，在你睜開眼的剎那，我可以堆滿笑容的和你撒嬌著說：「我們等一下要去哪裡玩？」

　　我們手牽著手很努力的逛遍曼谷的大街小巷，戰利品一袋接著一袋，並且以倍數飛快的累積著，直到那一天，我才真正見識到Shane對衣服的狂熱，還有他對「衣服到底合不合身」的執著，說真的，欣西亞從沒看過一個男人對買衣服可以小心到那種地步。首先，我看到他穿著褲子在鏡子前面，很仔細的左轉，右轉，這裡拉一下那裡拉兩下，然後

check一下臀型，再開口問我說，「你幫我看一下，從你那個角度看過來OK不OK？」@__@///

　　喔買嘎──！什麼角度？欣西亞第一個反應是想到國小生上數學課在用的量角器，丫不然就是在測月亮的仰角要幾個拳頭之類五四三的東西，「喂喂！到底怎麼樣？合不合身？」他催促著已經幾乎要嚇呆的我，欣西亞才勉強的開口說，「嗯……很……很不錯……」媽呀！你在跟我開玩笑，老娘我試穿衣服從沒有合不合身這幾個字，而是「穿不穿得下」！（這是錯誤的試穿，請大家不要學習！）誰管你角度不角度的問題，吼──！真的是有夠誇張！＞＜

　　買完衣服坐在雙聖冰淇淋吃著裝飾得美美的聖代，看著窗外來來往往的人群還有面前喜歡的他，心裡充滿幸福，兩個人邊吃著軟綿綿的冰，一遍討論著等一下去照貼紙機。欣西亞是個超級愛照相的女生，尤其是拍貼，什麼表情和姿勢都一定要精心設計才可以，和Shane在一起也不例外，本來想說他是男生一定不會乖乖合作，而且當年在Berkeley校園內，要和他拍個照都拖拖拉拉，總要弄得很尷尬才照相，沒想到這一次Shane出奇的配合，我們在排隊時已經很興奮得練習起pose來，在拍貼機裡面更是玩得不可開交，一下裝可愛，一下扮鬼臉，一下搞甜蜜，他湊近我身旁親吻我的臉頰，擁抱我的身體，一切都是那樣自然愉快，我們的默契好得就像是一般的男女朋友，讓我真的很開心，我喜歡這種親

密，這種「我們一起」的感覺。

　　照完一輪，我們都很滿意成果，開始很自戀的讚嘆著拍貼中的自己真是可愛到不行，Shane瞥見手上提著的大包小包的提袋，突然異想天開的說，「ㄟ！我們去換上新衣服，再照幾張好不好？」聽得欣小亞當場傻眼，想著「這個主意未免也太屌了吧？怎麼跟我想得 一·模·一·樣？」（可見天底下也只有Shane能配合欣西亞的超自戀和愛美，看來我還真的是愛對人了，哈哈！）結果咱們二話不說，立刻衝進最近的廁所換衣服，換了足足兩套新衣，欣西亞還換了三個髮型，更和Shane攪盡腦汁的多想了好幾個pose，然後繼續讚嘆自己有多麼的上相，男的帥女的美，兩個人怎麼笑怎麼可愛，怎麼看怎麼迷人，反正就竭盡所能的搞三八，也不怕雞皮疙瘩掉滿地，真的是噁心屎人了──！>O<

　　為什麼那天照片中的我們看起來都如此動人？沒有別的原因，全都是幸福兩個字使然哪！

　　到了晚上，分離的時光開始倒數計時，女人倒在床邊哭得抽抽噎噎，抱著枕頭搥胸頓足淚眼汪汪，真的是柔腸寸斷哪，此時此刻，女人希望能夠多看他兩眼──我要好好的把你的一眉一目烙印在我的腦海裡，然後永不忘懷的帶回台北去，這時，耳邊傳來的不是男人的柔情呵護，不是男人無盡的憐惜之語，而是……一陣陣規律的鼾聲雷動……

　　　　　　　　　　　　　　　　　　　　　@__@///

　　誰可以告訴我，這……這是一場鬧劇嗎？

為什麼那天照片中的我們看起來都如此動人？
沒有別的原因，全都是幸福兩個字使然哪！

大頭貼4連拍：

比YA傻笑

呵呵

哈哈

深情Kiss

中國功夫(?)

喝！

哈！

天生絕配

嘿嘿！

嗯哼！

欣西亞，我要我們在一起

2002.08

　　後來的我又孤零零的，獨自一人，臉上掛著淚痕，拎著殘缺的心臟，穿梭在機場的免稅商店裡。

　　每次都一定要上演這樣的戲碼──相聚，然後分開。我承受一次又一次令人難以忍受的折磨，本以為自己會習慣命運這樣樂此不疲的安排，太天真！因為人的心是肉做的，而我對他的情感是真實的……

　　回到台北沒幾天過後，發生了奇妙的事情。

　　首先是他在某天夜裡突然傳了手機簡訊給我，內容是：「你在哪裡？等一下我們可以上網聊天嗎？我們九點見，可以嗎？」

　　當時欣西亞正在士林夜市閒晃著，老實說我心情很悶，因為從泰國回來之後，我們上網聊天的頻率更加頻繁，可是今天晚上他跟我說要和朋友出去，所以沒辦法和我講話，我心知肚明他所謂的「朋友」是交往密切的異性朋友，所謂的「出去」，事實上是男女幽會的代稱，我還是任由他去了，有什麼好掙扎的呢？一個男人心不在你身上，就是這副德行。為了避免胡思亂想把自己整死，我把自己投進熱鬧的

人群，傷心難過可以和那些章魚小丸子，烤玉米，或是士林大雞排，一古腦兒的給吞進肚裡，就在我快要相信自己會totally fine的時候，手機響起，看了簡訊，女人頭也不回的搭上了220公車。

「只要他需要我，我就會去找他，我會立刻飛到他的身邊，將我的翅膀獻上！」腦袋裡重複著這句不知道是從哪裡聽到的台詞。頓時，自己成了賺人熱淚日劇中的女主角，正為了自己心愛的人，不斷不斷的往前疾馳，理智拉不住我，嘲笑我是個又傻又沒尊嚴的笨蛋女人……

從他的對話框傳來：「今天晚上Ava和她的朋友找我出去……」

Ava這個名字映入眼簾，好刺眼！還沒來得及看完，我迅速的低下頭，閉起眼睛，用手抓住自己幾乎要從胸口奪門而出的心臟，深吸一口氣，不斷對自己說，「我要保護我自己，我不要再輸了，我不要我不要我不要……」在這短短的幾秒鐘，他霹靂趴啦的文字不斷從對話框中湧出，電腦不停發出叮咚聲，我又趕緊將音箱給扭掉，然後把雙腳縮進胸口，慢慢的，抬起頭看著螢幕……

我看見了他敞開心房後面的世界，我觸摸到他柔軟，我試了好久好久，才探觸到的心田。

Shane：「我本來是要和她們出去的，可是……欣西亞，我發覺我做不到……」

　　Shane：「從泰國回來之後，我就一直在想著我們兩個的事，以前是我太愚蠢太固執，沒有察覺到……」

　　Shane：「我發現我想要的人，是你……」

　　Shane：「讓我們在一起吧，我想和你在一起，欣西亞……就只有我和你就好，沒有別人……」

　　Shane：「如果你答應，我會立刻和Ava還有其他女生斷絕聯繫，你也和你的男朋友分手，等我明年和北京學校教英文的合約到期，我就會去台灣找你……這樣好嗎？」

　　女人說不出話來，腦海中千頭萬緒。

　　深吸一口氣，我給出了我的答案……

　　欣西亞很怕針筒，而且是超怕！所以舉凡和針筒有關的活動──抽血、打針、吸毒還有針灸，我一概敬而遠之。Shane最近又要帶我去醫院做健康檢查，話才一出口就被我嚴厲的拒絕，「我不要抽血！」他好說歹說，欣西亞就是打死不去。「為什麼一定要抽血？難道不能用我每個月的月經做檢查嗎？」這是我百思不得其解的問題，「要不要乾脆屌一點，醫生說要抽血我現場就從下面……拉出新鮮的棉條……」@__@

　　噁──！似乎是滿噁心的！

渴望天長地久的女人

2002.08

　　那時候欣西亞身邊有個男朋友，他是和我一起配課的外籍老師，我們都在一個兒童美語學校教書。男朋友呢，和一般大多數在台灣的外國人一樣，教教英文賺賺錢，順便交個台灣女孩練練中文（當然，也有認真發展關係的），然後該回去了就離開，兩人原地各自解散，互不相欠，留下來的是彼此心中美好回憶。男朋友計畫在明年四月份回國，所以我們的關係到時也會自動解除，這是當初大家都說好的事。

　　腦袋固執的金牛座，最不擅長的就是改變，凡事喜歡依照計畫按部就班，欣西亞這隻牛也不例外。當Shane誠懇的告訴我要和我 together forever 時，我的第一反應不是感動得痛哭流涕，然後像個被求了婚的少女含淚說「I DO」，而是很實際的考慮到timing這個問題。沒錯！搬家要翻黃曆，分手要看時機，時機不到不做不該做的事，否則一定倒大楣。欣西亞考慮的是──如果就這麼和男朋友分手，以後工作一定尷尬，二來，我一定成為辦公室裡的新八卦，淪為別人嚼舌根的話題，最後不身敗名裂才怪，所以，深吸口氣後，也很誠懇的和Shane說──

Cynthia：「我當然很願意和你在一起，只不過……我們可不可以等到明年四月？」

Shane：（一臉錯愕）「為什麼呢？」

Cynthia：「因為……Joe明年四月就會回芝加哥去了，所以那時候你來台灣的話，剛‧剛‧好！」

（欣西亞，你不會是真的這麼跟Shane說吧？）

（這算是哪門子的誠懇？@__@）

Shane：「你知道你現在在說什麼嗎？」

（錯愕！錯愕！錯愕！錯愕！錯愕！錯愕到不行！）

Cynthia：「我知道啊，所以我才想找你商量看看！」

Shane：「我真不敢相信我聽到的，你……你就這麼喜歡Joe？」

Cynthia：「不是，我只是覺得分手後還要一起工作會很尷尬，而且別人一定會八卦我，所以就想說等一等，反正你現在也來不成，不過你放心，我不會再跟他有任何親密的舉動……」

Shane：「不行！不行！不行！如果你要這樣，那我也不要跟Ava分開！選擇權在你，你想要我們用什麼方式在一起，我全力配合，可是一定要公平！」

（震怒的男人使出撒手鐧！）

Cynthia：「你怎麼這樣？我不是捨不得Joe，我是怕別

人亂說，你知道被人家八卦的感覺多糟嗎？」

Shane：「好啊！那我們就等到明年四月好了，那我還是會和別的女生dating，直到你願意離開Joe為止……」

欣西亞感覺自己在下注！我的賭注是他對我的真心有多少，我可以說：「好啊！你如果想要的話就去！」然後看他做不做得到，因為突然之間，我的直覺告訴我──你贏了，欣西亞！恭喜你敗部復活！

這是種很難解釋清楚的感覺，我能說我是個玩家嗎？這三年來我不曾想過會和他真正在一起，我只是順從我對他的感覺死命追求，就算過程很辛苦，更是滿腹辛酸……難道這一切對我來說只是場遊戲？我想獲得真實的愛情，還是只想證明「我能夠」獲得愛情，這是兩回事。

我要獲得真實的愛情，我也相信自己能夠獲得真實的愛情，所以我堅持。而當男人願意轉過身來用真心相對時，我卻又在突然之間變得高深莫測了，要一個男人死心塌地為她瘋狂著迷，很多時候差的就是臨門一腳，請原諒我這狡猾的女人，只因為我有著比誰都還要渴望和他分享地久天長的決心……

今天早上，Shane 北鼻一大早就起床了，自己溜下床在客廳摸來摸去，留我一個人在床上繼續睡大頭覺，然後，七點半，輕輕的埃到床邊給我抱抱，然後噴噴噴！在我臉頰親了好幾下，「老婆——起床了！」然後又噴噴噴……個沒完，今年的初春，幸福已將我團團包圍。

　　最後我還是答應Shane離開我的外國男朋友，當然，他也會依照規定，把北京的那些女孩子給搞定。比起Shane，欣西亞的戀愛次數算是少得可憐，此外，我從沒跟男生正式的說分手，因為大部分都是草率結束，再不然就是避不見面，這次的男朋友是工作的同事，以上兩者都不適用，這讓欣西亞搞得一個頭，兩個大，所以好幾次想打退堂鼓，但Shane以身為男人的立場，給了我很多良心的建議，教我如何婉轉的提出，給予善意的解釋，給我很多的支持和鼓勵……屁！這還不都是為了他自己？

　　那天是禮拜六，欣西亞就在Shane的電話遙控下，正式的和Joe說拜拜！

　　我要和Joe出門前他還先幫我總彩排一次──

　　Shane：「好！現在把我當是Joe，你要怎麼說？」

　　欣西亞：「我覺得跟你在一起很開心，但你快要離開台灣了，我想為了避免我捨不得你，讓我們恢復普通朋友的關係吧！」

　　Shane：「可是我們在一起很開心哪，那就應該要讓這快樂延續，直到我們必須分開為止，不是很好嗎？」

欣西亞：「ㄟ……說得還滿有道理的，那我們就繼續在一起吧！太好了，Joe！」ＸＤ

Shane：「欣──西──亞！你真的很搗蛋耶你！」 >＿＜

欣西亞：「明明練習的時候就沒有這一段，誰叫你要亂講？」

Shane：「我是為你好啊，免得Joe說出什麼奇怪的理由，你沒辦法回絕他……」

反正冰雪聰明的欣西亞還是很professional的完成了這個艱鉅的任務！

然後是Shane，我本以為是情場老手的他，應付那些casual dates綽綽有餘，沒想到，當天晚上接到了他的越洋電話，「怎麼辦？Ava打電話來哭著說她不要不要不要……！」Shane一副很苦惱的聲音傳來。

欣西亞：「那你怎麼說？」

Shane：「我說很抱歉，我們之間本來就沒什麼，我只是覺得我們不要再見面比較好！可是她還是一直哭個不停……」

欣西亞：「你跟她這樣說，Ava，能認識你真的是件令人開心的事，但我到時候會回美國，這段關係也無法繼續，讓我在心中記住你最可愛的樣子好嗎？」

從沒有想過，我會這樣子幫他處理和女孩子分手這件

事，我們互相為對方排除萬難，心中共同的目標只有一個：就是在一起，我們要真真正正的在一起……

那天晚上，他從電腦螢幕中的對話框裡告訴我，「欣西亞！我們正式的在一起了喔！」

是啊！這個「正式」，花了我將近三年的時間，一路走來跌跌撞撞、頭破血流，但我還是做到了！

愛情，對我來說不是場賭注，下完注便收手，之後的成敗要看運氣。可惜我的運氣一向沒別人好，我也無法忍受無能為力的輸贏，我喜歡主動，喜歡追求，喜歡造就自己的戀情。

如果沒有在那一天鼓起勇氣給出我的電話號碼，不會有今天的欣西亞和Shane。

愛情，在我眼中——是可遇，也可追求的……

第四十九回合　寫給想當大女人的你。

大女人名言：男人是溜溜球，當你懂得放手往外拋，他就會回到你的手心來……

女人在愛情裡最大的毛病就是迷失自己，然後踐踏自尊。不是我們沒志氣願意自甘墮落，而是愛情像毒藥，碰了的人很難不上癮，上了癮只能沉淪到不可自拔。很多女生明明知道身旁的男人不適合自己，卻還是委曲求全的死賴在他身旁，苟延殘喘的維繫著這段他不在乎的關係，被男人吃得死死的，女人真是好不甘願！

小女人愛一個男人，有時候明明知道該離開了，還是以「因為愛他」當藉口，選擇留下。在欣西亞的愛情教戰守則裡，愛人，並不一定要和他在一起，為什麼一定要和他在一起才能愛他呢？分開了，難道就不能愛了嗎？

「可是因為愛他，所以想和他在一起呀！」女人開口辯解，所以我說這是寫給想當大女人的你看的嘛！現在給你三分鐘好好思考一下，如果你是那種不管你的男人對你再壞、再不忠，你都要死纏爛打的溺在他身邊（對！是溺死自己的溺），那麼，你可以先離開了……因為我不是那種女人，

大女人也不是那種女人！大女人愛一個人，不會因為愛人而拋棄自己的自尊，離開一個該離開的男人，大女人保有最後該有的尊嚴，選擇離開，不管前面輸得有多慘，你還是在這場遊戲裡贏得最後的勝利，別怕！你還是可以在離開他之後，偷偷愛他，偷偷想他，沒有人會笑你，但前提是，不許讓他知道。對自己有信心一點，離開他，是讓他成熟，讓他成長，也是你給彼此的一個機會，我沒有說離開他就不能再把他追回來，如果經過了很長很長的一段時間，你發現，你還是要他，那麼，再把他追回來也不遲。更何況，如果這男人真的愛你，或是他真的賤得可以，不出幾個月，要他跪他都會跪著求你回來。

「那如果他連求都沒求我呢？」你心裡滿是疑惑的問。這表示他真的、非常、完全，不在乎你，這種男人大女人不要也罷！你應該開心自己親手甩了他才對。 記住——男人是溜溜球，當你懂得放手往外拋，他就會回到你的手心來⋯⋯

各位立志當大女人的女人們，千萬別讓自尊在愛裡沉淪。

第五十回合　要愛，就要勇敢、要堅強

在遇見Shane以前，欣西亞從來沒有想過自己的愛情會是這麼一回事，我以為我的戀愛模式應該像浪漫動人的日本偶像劇一樣，害羞的跟暗戀的男生告白，然後他會跟我說：「欣西亞，其實我很早很早就喜歡上你了，讓我們在一起吧！」如此之類的情節，總會叫欣西亞心動不已⋯⋯

反正我在高中之前，還是嚮往平易近人的戀愛方式，還曾經跟心儀的男生用電話告白過，最後應該是被拒絕，那個男生居然一臉尷尬的跟我說：「我聽不懂你在說什麼⋯⋯」反正整個人聽起來很扭捏，也不說清楚到底要怎樣，場面僵到最高點，而欣小亞當然匆匆掛了電話，那時大家可能都太年輕，不會處理這些複雜的兒女情長，但從此卻種下欣西亞崇洋媚外的心理，我因為受了太多外國電影的影響，居然開始天真的認為外國人談戀愛似乎都比較坦蕩蕩，喜歡就喜歡，愛就愛，一切都可以交代得清楚明白，所以立誓人生中一定要交些外國男人來嘗嘗。2000年跟學校去舊金山遊學之前，欣西亞在自個兒的行李箱裡放了一打的保險套，出門前還偷看了知名的彩虹頻道見習了一些成人遊戲的技巧，邊看還邊拿了根香蕉在練習，為的就是希望能在舊金山釣個迷

人的金髮大魚。（長成這樣？可能是變種的吧？@＿@）

　　不要說欣西亞濫情怎麼那麼快就交上了Shane這外國人，我們遊學團根本就是個相親團，記得整團男女加起來不過30個人，搞出的班對就有5對之多，其中在台灣還有「家屬」在守候著，愛跟流行的欣小亞當然是不遑多讓。當時我以為回到台灣以後，我便能很灑脫的忘記和Shane在舊金山發生的一切，因為我想當個不留戀的狠咖，然後，Shane自己會想通我是個多麼special的女生，要追也是他追來，根本不用等我出手。

　　沒想到事與願違，接下來便是一連串苦難的開始，我這愛冒險犯難的女人終於碰上了大魔頭，Shane他改寫了我的命運，也改變了我的愛情觀。在這經歷百轉千迴的過程中，我邊摔倒邊為自己加油打氣，邊犯錯邊學習愛情真正的模樣，然後慢慢調整自己的方針和步伐。欣西亞在和Shane對峙時，老實說犯的錯還真不少，但我採取的策略是：多方嘗試，亂石打鳥。就是什麼方法都試，看他吃哪一套就用哪一套，所以我不會告訴你我的方法最棒，因為男人都需要因材施教的，而你，必須比誰都了解自己的男人，如果不能知己知彼，哪來的百戰百勝？然而大原則不能跑掉，就是在有信心、有耐心、有毅力之下，你的付出是要有限度，並且看得見回收的。

「身段誠可貴，尊嚴價更高，若為愛情故，兩者皆可拋」雖是不正確的說法，但我仍建議搭配「識時務者為俊傑」，酌·量·使·用。你總不能一直在心儀的對象面前擺高姿態或端個臭架子，然後巴望那個人會對你產生好感吧？要得到他的注意力，最直接的方式就是讓他知道──我對你有興趣。你大可把女人該有的矜持擺一邊（我沒叫你丟掉），然後明白的說出來，先壓低姿態，將他的戒心降到最低，要知道，愈能掌控發球權的人贏的機率愈大，然後再隨著他的反應見招拆招。這也是我對Shane所用的政策，這一顆變化球不行，再投出下一顆，反正總有一顆會中的，我用盡心思、使盡全力投到他對我打開心門為止，這就是我的愛情故事。

　　我不是無敵鐵金剛，我只是個在愛裡的平凡女人，就跟每個人一樣，在追求愛情的過程裡我也會受傷，傷得很重、很痛，眼淚滴滴答答狂流，日記裡的辛酸血淚、奮鬥掙扎，欣西亞在回想的時候連自己都會嚇一跳，明明是個這麼怕痛怕失敗的懦夫，居然還可以勉強ㄍㄧㄥ成這副德行……

因為我沒有選擇的餘地。

「要愛，就要勇敢、要堅強，因為愛情，不是屬於弱者的。」

10550 台北市南京東路四段25號11樓

廣　告　回　信
台灣北區郵政管理局登記證
北台字第10227號

大塊文化出版股份有限公司　收

地址：□□□□□ ＿＿＿＿＿市／縣＿＿＿＿＿鄉／鎮／市／區

＿＿＿＿＿路／街＿＿段＿＿巷＿＿弄＿＿號＿＿樓

編號：CA148　書名：飄洋過海追上你

大塊文化 讀者服務卡

謝謝您購買本書！

如果您願意收到大塊最新書訊及特惠電子報：

— 請直接上大塊網站 locuspublishing.com 加入會員，免去郵寄的麻煩！

— 如果您不方便上網，請填寫下表，亦可不定期收到大塊書訊及特價優惠！
　請郵寄或傳真 +886-2-2545-3927。

— 如果您已是大塊會員，除了變更會員資料外，即不需回函。

— 讀者服務專線：0800-322220；email: locus@locuspublishing.com

姓名：＿＿＿＿＿＿＿＿＿＿＿＿＿＿＿＿＿＿＿＿＿＿ 姓別：□男　　□女

出生日期：＿＿＿年＿＿＿月＿＿＿日　聯絡電話：＿＿＿＿＿＿＿＿＿＿

E-mail：＿＿＿＿＿＿＿＿＿＿＿＿＿＿＿＿＿＿＿＿＿＿＿＿＿＿＿＿＿

您所購買的書名：＿＿＿＿＿＿＿＿＿＿＿＿＿＿＿＿＿＿＿＿＿＿＿從

何處得知本書：

1.□書店　2.□網路　3.□大塊電子報　4.□報紙　5.□雜誌
6.□電視　7.□他人推薦　8.□廣播　9.□其他

您對本書的評價：

（請填代號　1.非常滿意　2.滿意　3.普通　4.不滿意　5.非常不滿意）

書名＿＿＿＿內容＿＿＿＿平面設計＿＿＿＿版面編排＿＿＿＿紙張質感＿＿＿＿

對我們的建議：＿＿＿＿＿＿＿＿＿＿＿＿＿＿＿＿＿＿＿＿＿＿＿＿＿＿

＿＿＿＿＿＿＿＿＿＿＿＿＿＿＿＿＿＿＿＿＿＿＿＿＿＿＿＿＿＿＿＿＿＿

＿＿＿＿＿＿＿＿＿＿＿＿＿＿＿＿＿＿＿＿＿＿＿＿＿＿＿＿＿＿＿＿＿＿

＿＿＿＿＿＿＿＿＿＿＿＿＿＿＿＿＿＿＿＿＿＿＿＿＿＿＿＿＿＿＿＿＿＿

＿＿＿＿＿＿＿＿＿＿＿＿＿＿＿＿＿＿＿＿＿＿＿＿＿＿＿＿＿＿＿＿＿＿

＿＿＿＿＿＿＿＿＿＿＿＿＿＿＿＿＿＿＿＿＿＿＿＿＿＿＿＿＿＿＿＿＿＿

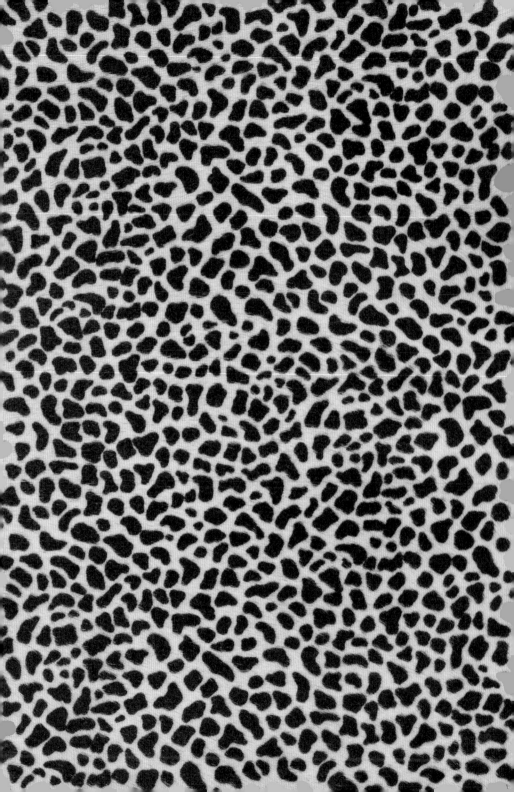

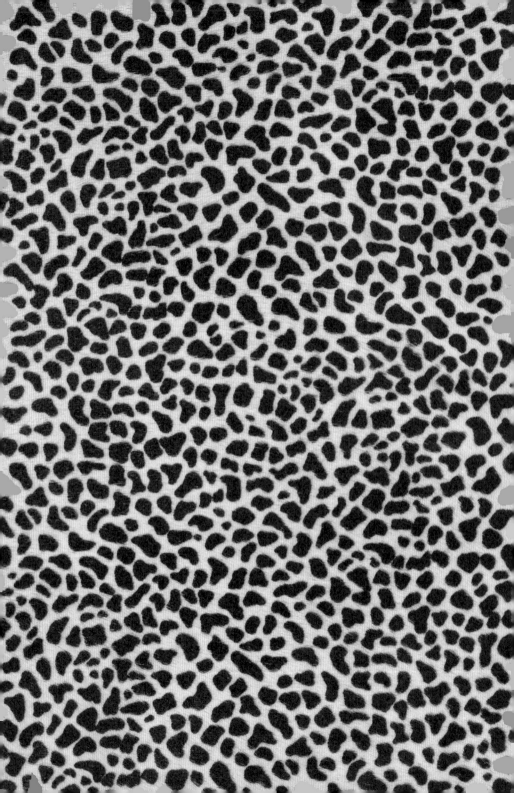